Paul Katsitis/ Danny Silva

Mykonos Crime ©

Tod in Pink
Die Rosenmorde von Mykonos

AF282596

Zuletzt erschienen in dieser Reihe (Deutsch/Griechisch)

Mykonos Crime 20 Darknet
Mykonos Crime 21 Yariv
Mykonos Crime 22 Pontifex
Mykonos Crime 23 Sisa
Mykonos Crime 24 Lebendig begraben
Mykonos Crime 25 Schläfer
Mykonos Crime 26 Smyrna
Mykonos Crime 27 Goldrausch
Mykonos Crime 28 Engel der Finsternis
Mykonos Crime 29 Strand der toten Köpfe
Mykonos Crime 30 Der Vampir von Mykonos
Mykonos Crime 31: Tod in Pink
Mykonos Crime 32: Die Akte Satoshi Nakamoto

Frühere Bände: siehe hinterer Buchteil

Impressum
Titel: istockphoto
Innenteil Shutterstock

ISBN 9783756258932
Herstellung und Verlag:
BoD – Books on Demand, Norderstedt

Paul Katsitis/ Danny Silva

Mykonos Crime©

Tod in Pink

Angelos Nikakis, 32, ist nicht nur der Kommissar (Dienstgrad: Kriminaldirektor) auf Mykonos, sondern auch Bürgermeister der Insel.

Daniel Nikakis, 30, ist der neue Ehemann des Kommissars. Wegen seines faltenfreien Gesichts und den Teddybäraugen schätzen ihn aber viele auf 20. Daniel ist gebürtiger Israeli, mit Beruf Dolmetscher für Griechisch.

Maria Karnezis, 29, ist Leiterin der „normalen" Polizeistation (Dimotiki Astinomia).

Alexandros Mantzaris, 67, ist Amtsrichter auf Mykonos.

Antonis Migiakis, 55, ist griechischer Premierminister.

Abu Bakar, 38, beherrscht den Drogenhandel in der Ägäis. daher waren er und Kommissar Angelos Nikakis per se Feinde. Doch dann schließen die beiden ein Friedensabkommen der besonderen Art – und wurden Freunde.

Gabriel Markarov, 35, ist Angelos´ rechte Hand im Rathaus. Er sitzt seit einem Schusswechsel im Rollstuhl. Da die Kugel eigentlich Angelos galt und sich Gabriel in die Schussbahn warf, fühlte sich Angelos verpflichtet, ihm zu helfen.

Yariv Gabin, 31, ist der Ex-Partner von Angelos Nikakis, doch beide sind noch immer befreundet.

Die Handlung ist frei erfunden. Die Namensähnlichkeit des fiktiven Emirats Fudscheirah mit dem tatsächlich existierenden Fujairah ist zwar frappierend, dennoch Zufall. Und ich bin sicher, dass die Familie des Emirs aus lauter freundlichen Menschen besteht.

1

Ich hasse diesen Wind.
Luuk Krul fluchte.
Nicht eine Sekunde kann man dem Meltemi entgehen. Nicht nur, dass es – trotz strahlendem Sonnenschein – eiskalt war. Nein: das Schlimmste waren die Böen, die abwechselnd die Nieren und dann die Ohren in einen gefrierähnlichen Zustand versetzte.
Eigentlich ein Witz, dass ich als Holländer so allergisch gegen Wind bin. Zuhause bläst ja auch dauernd Westwind.
Wahrscheinlich liegt es an meinem Beruf, dachte Krul.

Luuk Krul war Professor für Biologie an der Universität Rotterdam. Sein Fachgebiet: Blumen. Nicht erstaunlich, schließlich ist Holland das Land der Tulpen – und der geschmacklosen Tomaten, wie er stets hinzufügte.

Und wenn Blumen etwas hassen, dann ist es Wind. Viel schlimmer als jeder Sturm, war beständiger Wind, der nicht nur durch ständigen Druck Blumen umknickte, sondern auch den fruchtbaren Boden wegwehte. Auf dem darunterliegenden Felsen blüht nichts mehr und überall macht sich die Macchia breit.

Ödnis.

In weiten Teilen Südeuropas.

Krul kletterte weiter hoch. Er hatte bereits die Hälfte des Hügels direkt hinter dem Strand von Panormos erklommen. Keine schlechte Leistung angesichts seines Alters von 64 Jahren. Natürlich war Kruls Frau Yvonne nicht dabei. Während er sich für die Flora interessierte, galt seiner Ehefrau´ Interesse dem Jetset-Treiben und dem Shopping, was Kruls Finanzen zunehmend belastete. Doch sollte er hier fündig werden, würde er hochbezahlte Vorträge auf der ganzen Welt halten können. Von seinem Renommee als Wissenschaftler ganz abgesehen. Luuk Krul hielt kurz inne. Zum wiederholten Male hatte er massive Sehstörungen. Er schob es auf die Anstrengung und beschloss, eine Pause einzule-gen. Er setzte sich und blickte gen Süden.

Öde, kahle Berge. Noch vor hundert Jahren gab es Landwirtschaft auf Mykonos. Olivenhaine und

Weinstöcke. Alles weg. Und wäre es nicht der Wind gewesen, so hätten die Immobilienheuschrecken die Insel heimgesucht. Kapitalismus pur.

Als Biologe wusste Krul schon vor Jahren, dass das System den Planeten zerstören würde, doch die Rufe verhallten.

Nun würden sich immer mehr Flächen in Europa in öde Brachen verwandeln.

Den Menschen würden Wasser und Pflanzen fehlen. Mykonos war nur ein Preview der Zukunft. Krul seufzte.

Aber er würde ein Zeichen setzen mit seiner Entdeckung. Die ganze Welt würde es erfahren und er könnte die Aufmerksamkeit nutzen, um einen erneuten, aber vermutlich verpuffenden Aufschrei abzusetzen.

Luuk Krul ging weiter bergauf. Da es steiler wurde, kraxelte er zunehmend. Noch immer blies der Wind, sodass seine Augen jetzt auch noch tränten. Er wollte sich gerade erneut setzen, als er glaubte, eine Sehstörung zu erleiden.

Unter dem Gestrüpp. Etwas kugelartiges.

Er konnte es nicht glauben. Vorsichtig griff er danach, darauf gefasst, dass er nach einer Fata Morgana griff. Aber er fühlte etwas in seinen Händen.

Wieder blies ihm der Wind Staub in die Augen. Nicht bewegen, dachte Krul.

Als er wieder etwas sehen konnte, war die holzartige Kugel noch da.

Zitternd griff er nach seiner Wasserflasche. Er hatte sie nicht zum Trinken mitgenommen. Dafür war der

Inhalt zu kostbar. Krul öffnete die Flasche und goss Wasser auf die Kugel.

Nichts. Ich habe mich getäuscht, dachte Krul.

Doch plötzlich geschah, auf was er nicht zu hoffen wagte.

Die Kugel öffnete sich und die Ästchen rollten aus. Kleine, grüne Blätter schossen heraus und zum Schluss schlüpften kleine pinkfarbene Blüten hervor.

Luuk Krul begann zu schluchzen.

Er hatte recht behalten. Es gab sie doch noch.

Die Rose von Mykonos. Eine der seltensten und aufregendsten Pflanzen der Welt.

Wieder ereilten ihn die Sehstörungen. Nicht jetzt. Ich muss mitzählen. Wie lange bleibt sie geöffnet?

Plötzlich überkam ihn ein furchtbarer Schmerz und sein Körper wurde von Krämpfen geschüttelt.

Noch einmal berühren, dachte Krul.

Doch er war schon auf der Reise in eine pflanzen-lose Parallelwelt.

Er starb in Panormos um 11 Uhr 40.

Zwei Minuten später war ein leises Rascheln zu hören. Die Rose von Mykonos hatte sich wieder in eine Astkugel verwandelt.

2

Alles hatte mit einem Abend begonnen, vor dem Luuk Krul schon eine Woche übel war. Einem Abendessen beim Dekan der Universität, Steven Berghuis, der ein paar Jahre jünger war als Krul.

Da Krul wusste, dass Berghuis gerade aus dem Urlaub zurück war, schien der Ablauf der gleiche grausame zu werden, wie nach jedem Berghuis-Urlaub.

„Um Gottes Willen", klagte Ivonne, Kruls Frau, „noch einen Abend mit Urlaubsfotos ertrage ich nicht!"

„Glaubst du ich? Aber er ist der Dekan. Wir müssen hin!"

„Das Schlimmste ist seine Frau, dieser Hunger-haken. Nach dem ersten Bild wird sie wieder sagen: ‚Oh, auf dem Bild habe ich ein paar Kilo zu viel.' Und wir werden wie immer widersprechen. ‚Ach was, du siehst blendend aus': Obwohl du jede Rippe einzeln zählen kannst!"

„Genau so wird es sein. Gehirn ausschalten und zwei Stunden lächeln. Wo waren sie eigentlich im Urlaub?", fragte Krul.

„Griechenland. Mykonos!"

Krul stöhnte.

„Wahrscheinlich waren diese Ignoranten noch nicht mal auf Delos!"

„Was ist Delos?", fragte Yvonne.

Krul verdrehte die Augen, ohne dass seine Frau es sah. Das kommt davon, wenn man zu früh heiratet. Man achtet nicht auf Bildung oder Verstand.

„Eine Insel, die in der Antike das Zentrum der griechischen Kultur war", erklärte Krul.

„Heißt: ein Steinhaufen", antwortete Yvonne.

Krul japste nach Luft und öffnete die Balkontüre. Der Abend würde die Hölle werden. Die unsäglichen Urlaubsbilder und dann die peinlichen Kommentare meiner Alten.

Vor zwanzig Jahren waren es noch Diavorträge, jetzt wurden die Zuschauer über einen Beamer beglückt.

Schöne neue Welt.

Krul warf eine der rosa Pillen ein, die er von einer 22-jährigen Studentin bekommen hatte, die ihm im Vorfeld einer Prüfung im Büro einen geblasen hatte.

Politisch vollkommen inkorrekt. Erstaunt stellte Krul fest, dass südlich seines Nabels noch nicht alles tot war. Aber das Intermezzo war bereits beendet. Ohne Metoo-Skandal. Braves Mädchen.

Der Abend nahm seinen vorhersehbaren, grausamen Verlauf. Viel Berghuis und wenig Mykonos.

Dann erreichte die Prahlerei ihren Höhepunkt:

„Da du weißt, dass ich sehr naturverbunden bin, jetzt noch ein paar Bilder von unserer Wanderung im Inneren der Insel!"

Krul hätte beinahe losgeprustet. Naturverbunden? Zum Totlachen. Zudem ist das „Innere" von Mykonos mittlerweile ebenso zugebaut wie die Strände. Und Natur? Auf den Bildern sah man nur Berghuis und: Gestrüpp. Die verbrannte Macchia. Doch dann traf Krul fast der Schlag. Auf einem Bild war etwas zu sehen … Nein, das konnte nicht sein.

„Zurück, bitte ein Bild zurück und größer", rief er. Berghuis war entzückt über so viel Interesse, aber Krul hörte nicht mehr zu.

Die Kugel unten links – sie sah so aus, wie eine Rose von Mykonos. Und dieser Trampel wäre beinahe draufgetreten.

„Was ist denn auf dem Bild?", hakte Berghuis nach.

„Ach, nichts. Ich dachte, da wäre ein roter Fingerhut. Hätte mich bei der Trockenheit gewundert. Bitte weiter mit deinen interessanten Erlebnissen!"

Doch Krul war in einer anderen Welt.

Die Venezianer waren die letzten, die – glaubt man den Archiven – eine M-Rose erwähnt hatten. 1467. Seitdem: Fehlanzeige.

Ausgerechnet dieser Trottel sollte ein Exemplar versehentlich gefunden haben? Krul konzentrierte sich und verglich das, was er gesehen hatte, gedanklich mit seinen historischen Folianten.

Ich brauche zuerst diese Aufnahme – und zwar ohne Berghuis´ Wissen.

„Und wo ist dieser Berg nochmal, den ihr so bravourös gemeistert habt?"

Berghuis strahlte. Bei so viel Interesse würde es auch die nächsten zehn Jahre Vorträge geben.

„Das Kaff hieß … Kathrin, helf mir doch mal …"

„Irgendwas mit Po", meinte Berghuis' Frau und gähnte.

„Panormos. So hieß das. Unten Schicki-Micki-Club. Aber uns zog es in die Natur", sagte Berghuis.

Krul aber überlegte bereits, wie er an die Aufnahmen herankommen könnte.

„Ich bin ja ein Computer-Depp, aber alle diese Aufnahmen sind auf dem Rechner? Oder auf einem … wie nennt man die Dinger?"

„USB-Stick", sagte Berghuis gönnerhaft. „Aber nein, alles auf meinem Rechner. Zusammen mit allen anderen Urlaubs-Ordnern? Ich habe auch ein „Best of" zusammengestellt", sagte er.

„Möchtet ihr es sehen?"

Yvonne Krul beugte sich hinüber zu ihrem Mann und flüsterte:

„Morgen bringe ich dich um!"

Eine Stunde später saß Krul samt Frau endlich wieder im Auto.

„Was ist denn mit dir los?", fragte sie. „Seit wann interessierst du dich für die beschissenen Bilder dieses Vollidioten?"

„Ich fand es dieses Mal gar nicht so uninteressant. Dieses Mykonos sieht doch ganz hübsch aus. Sollten wir vielleicht mal hin", meinte er vorsichtig.

Wie erwartet, war seine Frau begeistert. Bling-bling und Shopping.

„Jederzeit. Aber wehe du schleppst mich zu diesem Steinhaufen. Dolos – oder wie das Ding heißt. Die ersten vier Tage bleibst du schön bei mir!"

Ich sollte sie bei der Gelegenheit aussetzen, dachte Krul, widmete sich aber dem vordringlichsten Problem: wie komme ich an die Aufnahme?

Er lächelte.

Berghuis verwendete sicher den Dienst-Laptop, geizig, wie er nun mal ist.

3

Es war drei Wochen später, als Angelos Nikakis, Kommissar und Bürgermeister von Mykonos, auf der Terrasse lag und plötzlich einen Freudenschrei vernahm.

Seit Angelos seine Zustimmung zu Daniels Blog gegeben hatte, war der „Süße mit den Teddybäraugen" vor Elan kaum zu bremsen. Und die Zahl der Follower und Abonnenten lag weit über dem, was Angelos erwartet hatte.

Auch ohne Nacktfotos.

Daniel stand aufgeregt vor dem Sunbed und wedelte mit einem Brief.

„EIN VERLAG! Sie wollen die Geschichten als Buch veröffentlichen. Mit Vorschuss!"

Angelos stand auf und umarmte Daniel.

„Glückwunsch, Süßer. Du hast aus den Geschichten mehr gemacht, als sie eigentlich hergeben. Wenn du noch die Passagen über mein Geschlechtsteil weglässt, würde ich mich noch mehr freuen!"

Daniel grinste.

„Aber das ist doch nur eine Art Running-Gag! Außerdem brauche ich ihn für die ‚Schläfer-Geschichte'!"

„NEIN. Wir hatten vereinbart: diese Geschichte wird niemand je erfahren", sagte Angelos ärgerlich.

„War nur ein Scherz, Sonnenschein!"

„Bevor du dich wieder an den Computer setzt: morgen ist der Gerichtstermin. Du solltest dich vorbereiten", sagte Angelos.

4

Auf Mykonos gibt es weder ein Theater noch ein Kino. Zur Unterhaltung der Bevölkerung dient das Amtsgericht neben dem Archäologischen Museum.

Richter Mantzaris tat grundsätzlich alles, um den Bürgern eine Show zu bieten, die jede Komödie übertraf. Die Verhandlungen waren so beliebt, dass Karten ausgegeben wurden, die dann unter den Insulanern wie heiße Ware gehandelt wurden. Gute Preise erzielte man besonders bei Verhandlungen, an denen Bürgermeister Angelos Nikakis beteiligt war.

Nachdem Feuerwehrkommandant Sahas den neusten Aushang gelesen hatte, dauerte es keine Stunde und die ganze Insel wusste, dass die Komödie des Jahres anstand.

Stavrakis gegen Nikakis.

Es war bereits der dritte Prozess der beiden Nachbarn und die ersten beiden waren noch immer ein You Tube-Hit.

Wer trockenes Juristen-Griechisch erwartete, wurde schnell eines Besseren belehrt.

Der Saal war brechend voll. Daniel saß auf der Anklagebank, fühlte sich dort aber sichtlich wohl. Angelos saß direkt hinter ihm und war weniger entspannt, denn bisher ging das Gelächter meist auf seine Kosten.

Das Schauspiel konnte beginnen.

Richter Mantzaris betrat den Saal mit einem breiten Grinsen. Kein gutes Zeichen, dachte Angelos.

„Die Sitzung ist eröffnet. Ich weise darauf hin, dass Aufnahmen mit dem Handy untersagt sind. Sollten doch Videos auf ‚You tube' zu sehen sein, passen Sie wenigstens auf, dass Sie meinen Namen richtig schreiben!"

Was bedeutete: die Übertragung konnte losgehen.

„Auf die Feststellung der Personalien können wir verzichten, sowohl bei der Zeugin als auch bei dem Angeklagten!"

Die Zeugin, die alte Stavrakis, saß mit versteinertem Gesicht auf der Zeugenbank.

„Angeklagter, ich nenne Sie beim Vornamen, damit es zu keiner Verwechslung mit unserem geschätzten Bürgermeister kommt. Er ist weder Zeuge noch Beklagter – ausnahmsweise!"

Die ersten prusteten los und Angelos drehte sich mit finsterem Gesichtsausdruck um.

„Daniel. Ihnen wird zur Last gelegt, dass Sie vor zwei Wochen einen Schuss auf Frau Stavrakis abgegeben haben, unabsichtlich. Um was für eine Waffe handelte es sich?"

„Um eine Glock, Kaliber 40!"

„Ist das ein großes Kaliber?", fragte der Richter.

Beim Wort „Kaliber" war Angelos klar, dass Mantzaris es sehr wohl auf ihn abgesehen hatte.

„Kaliber ist immer relativ. Mein Gatte hat Kaliber 280. Soll ich Ihnen die Rechenweise erklären?", sagte Daniel und grinste.

Die Zuschauer lachten laut los.

„Je größer das Kaliber, desto größer der Schaden, nicht wahr?", fragte der Richter.

„Er ist in beiden Fällen groß", antwortete Daniel.

„Wie kam es zu dem versehentlichen Schuss?"

„Nun, ich wollte die Glock reinigen, als mein Mann mir an meine Waffe fasste", sagte Daniel und prustete selbst los.

Auch Mantzaris´ Kopf verschwand kurz unter dem Richtertisch. Das tat er immer, wenn er selbst lachen musste.

„Dadurch wurden Sie also abgelenkt?"

„Wenn Ihnen Ihre Frau zwischen die Beine fasst, fällt Ihnen doch auch der Richterhammer aus der Hand, oder?"

„Mein Hammer tut hier nichts zur Sache. Außerdem habe ich meiner Frau schon vor zwanzig Jahren verboten, mich unsittlich zu berühren!"

„Das kann ich verstehen. Ich kenne Ihre Frau", sagte Daniel.

Nun johlte der Saal.

„Ruhe. Ihr Mann hat sie also unsittlich berührt?", fragte der Richter. „Waren Sie überrascht?"

„Nicht wirklich. Das macht er mindestens fünf Mal am Tag! Er ist ein …"

Daniel tat so, als würde er nach dem passenden Wort suchen.

„… Geschlechtsdepp?", schlug der Richter vor.

Angelos funkelte Mantzaris böse an, doch der grinste fröhlich zurück.

„…sehr liebesbedürftiges Wesen", meinte Daniel.

„Jedenfalls fiel mir die Waffe vor Schreck aus der

Hand, auf den Tisch und dabei löste sich der Schuss!"

„Und Ihr Gatte konnte nicht eingreifen?", fragte Richter Mantzaris.

„Nein, er hatte seine Hand noch an der Waffe. Also an meiner", meinte Daniel und kicherte. Der Saal amüsierte sich königlich. „Außerdem hätte er gar nicht eingreifen können. In solchen Situationen fließt das Blut aus seinem Gehirn in andere Abteilungen, die sehr viel Blut benötigen! Sehr viel Blut!"

Angelos beugte sich nach vorne und zischte:

„Komm du mir nach Hause, du kleiner Scheißkerl!"

„Ich liebe dich auch", gab Daniel zurück.

„Hallo! Ich bin auch noch da", sagte der Richter. „Oder ist Ihr Mann gerade liebesbedürftig?"

„Er ist eher gewaltbereit!"

„Der Schuss löste sich also aus Ihrer Waffe …"

„Äh, nein. Mit *meiner* Waffe war noch alles in Ordnung. Aus der Glock hingegen sauste ein Projektil in Richtung Fenster!"

Jetzt musste selbst Angelos Nikakis lachen.

„Nun, große Kaliber hinterlassen große Schäden. Ich könnte Ihnen …"

„Danke, Angeklagter. Nun, Frau Stavrakis stand im Nebenzimmer. Sie hätte verletzt werden können", sagte Richter Mantzaris, der aber nichts dagegen einzuwenden gehabt hätte, wenn das Projektil die alte Kuh getroffen hätte.

Niemand, wirklich niemand, konnte die alte Hexe leiden.

„Keine Patrone kann so gefährlich sein wie die Giftdrüsen dieser alten …"

„Mäßigen Sie sich, Angeklagter", sagte der Richter. „Auch wenn Ihnen das Gericht ausdrücklich zustimmt!"

„Das ist empörend", keifte Eleni Stavrakis von der Zeugenbank.

„200 Euro wegen Missachtung des Gerichts", meinte der Richter lapidar.

„Und der da? Muss der nichts zahlen?", schrie die alte Frau.

„Doch. Wegen Missachtung des Gerichts: 1 Euro!" Der Saal lachte.

„Nun zurück zu Ihnen. Ihr Ehemann wurde also handgreiflich", sagte der Richter und grinste.

„Im wahrsten Sinne des Wortes", antwortete Daniel.

„Könnten Sie ihn nicht festbinden, wenn Sie das nächste Mal eine Waffe reinigen?"

„Sie meinen, ein Seil mit einem Ende am Pfosten und dem anderen an seinem …? Ich befürchte, der Pfosten würde nachgeben!"

Lautes Gelächter.

„Dann vielleicht eine Sextherapie? Da gibt es vielversprechende Erfolge in Kliniken", sagte Mantzaris.

„In diesen Kliniken hängt sicher ein Bild Ihrer Frau!" Nun lachte auch Angelos Nikakis laut. Der heutige Auftritt seines Ehemanns würde Inselgespräch werden – und sie würden ihn akzeptieren. Vielleicht war das sogar die Absicht seines

Freundes Richter Mantzaris – wie immer auf seine Art.

„Im Übrigen halte ich es für zweifelhaft, dass der Klinikbetrieb aufrechterhalten werden kann, wenn mein Mann das Haus betritt. Ich meine, ein blendend aussehender Mann mit ersichtlich großem Penis und Hoden wie Kanonenkugeln – es würde keinen Tag dauern, bis die Patienten erst über ihn und dann über sich herfallen würden. Er bleibt schön zuhause und ich passe besser auf – auf ihn und die Glock!"

„Gerade nochmal die Kurve gekriegt", flüsterte Angelos.

„Gut. Der Angeklagte wird freigesprochen. Er trägt keine Schuld an dem Zwischenfall!"

Das ist empörend", schrie die Stavrakis.

„Ich warne Sie. Ich habe Sie schon einmal einweisen lassen", knurrte der Richter.

„Reine Willkür. Das da sind zwei Sodomiten! So etwas hätte es unter Papadopoulos…"

Darauf hatte Richter Mantzaris gewartet.

„Ich ordne die erneute Verbringung in eine psychiatrische Klinik an. Herr Kommissar, walten Sie bitte Ihres Amtes!"

„Ich fasse die Alte nicht an", widersetzte sich Angelos Nikakis.

„Auch gut: Gerichtsdiener: die Dame kommt in die Gerichtszelle!"

Der Saal tobte. Jeder wusste, dass die Zelle im Gericht in desolatem Zustand und feucht war. Die Zellen in der neuen Polizeistation wären dagegen ein luxuriöses Domizil gewesen.

Der Richter zwinkerte Angelos zu und grinste.

Die keifende Nachbarin beseitigt.

Daniel Gelegenheit gegeben, sich der Öffentlichkeit zu präsentieren – witzig und schlagfertig, wie er nun einmal war.

Letztendlich war Kommissar Nikakis seinem Freund Richter Mantzaris dankbar.

Noch vor Verlassen des Gerichtsgebäudes brach Daniel in schallendes Gelächter aus.

„Jetzt verstehe ich, warum die sich um die Plätze fast geprügelt haben!"

„Ja. Weil diese Veranstaltung immer auf meine Kosten geht. Das gibt drei Tage Sexstreik", knurrte Angelos – was Ehemann Daniel noch lauter lachen ließ.

„Ich gebe dir keine fünf Minuten, Sonnenschein. Außerdem weiß ich nicht, was du willst. Das Ganze wird zum Inselgespräch. Peinlich wäre es nur, wenn du einen kleinen Penis hättest. Davon kann ja nun wirklich keine Rede sein!"

Noch bevor Angelos zurückkraunzen konnte, läutete das Telefon, was immer ein ungutes Zeichen war: es läutete ausschließlich bei einem Anruf von Maria Karnezis, Leiterin der Dimotiki Astinomia – der „normalen" Polizei.

„Schöner, wir haben eine Leiche. Bei Agios Sostis oben am Berg. Antonis hat sie bei einer seiner Radtouren entdeckt!"

Schon das Wort „Radtouren" löste bei Kommissar Nikakis Bluthochdruck aus. „Der neueste Touristen-Schwachsinn: Radfahren auf einer Insel mit 25%-

Steigungen, Schlaglöchern von der Größe einer Grube und Windböen bis Stärke zehn! Das werden mindestens zehn Tote pro Saison", hatte – in diesem Falle – Bürgermeister Angelos Nikakis den Antragsteller angebrüllt – leider vergebens.

„Und? Hat er die Leiche mit dem Rad vom Berg heruntergeholt?", lautete Angelos´ erster Kommentar.

„Sei nicht albern. Er ist hochgekraxelt, dafür gebührt ihm Lob!"

„Stimmt", gab Angelos zu. Neun von zehn wären einfach weitergefahren, selbst wenn der Tote noch gewunken hätte.

„Jung? Alt? Blut?"

„Alter Mann, Mitte sechzig, keine äußeren Verletzungen, außer einem hochroten Schädel", teilte Maria mit.

„Herzinfarkt, Sonnenstich oder Schlaganfall. Nicht zuständig", knurrte Angelos.

„Sehr wohl zuständig. Du willst nur nicht auf den Berg hoch, du faules Stück. Der zuständige Kommissar entscheidet nach Inaugenschein-nahme und komm nicht auf die Idee, ich solle dir ein Video schicken", sagte Maria.

„Ich habe gerade eine anstrengende Verhand-lung hinter mir", beschwerte sich Angelos.

„Ich hab sie im Live-Stream verfolgt. Respekt vor deinem Süßen – er hat komödiantisches Talent. Und jetzt los. Nördlich von Agios Sostis!"

„Herrgott", knurrte Angelos, nachdem er das Handy auf die Ablage geworfen hatte. „Alter Sack bei alpinem Ausflug vom Schlag getroffen!"

„Trotzdem machen wir eine Obduktion", stellte Daniel fest.

„Ah, der Herr Blogger möchte selbst obduzieren und wahrscheinlich noch einen Live-Stream anbieten!"

Als Angelos und Daniel über die Kuppe bei Panormos fuhren, stöhnte Daniel auf.

„Um Gottes Willen! Was haben die mit dem Strand gemacht? Komplett mit Brettern abgeriegelt. Und, nein, das kann nicht sein: sind das wirklich Palmen am Strand?"

„Ja", knurrte Angelos. „Ein typisch griechisches Gewächs", spöttelte Angelos. „Schau hin, den ganzen Parkplatz haben sie überdacht. Sieht aus wie ein Flughafen am Wasser. Und das war einmal der schönste Strand der Insel. Da vorne kommt jetzt noch …"

„…der nächste Heliport. Es sind drei Kilometer bis zum Airport!"

„Tja. Die Strände gehören seit 2014 der Regierung in Athen. Ein Verbrechen. Eine glatte Enteignung. Aber das ist erst der Anfang. Ftelia wird das nächste Opfer!"

Sie fuhren weiter über die immer enger werdende Straße hinauf nach Agios Sostis.

„Hier passt noch alles", sagte Daniel. „Wie weit ist es noch?"

Die asphaltierte Straße endete und der SUV fing heftig an zu ruckeln.

Hinter einer Kurve stand Marias Polizeiauto.

Von ihr war allerdings nichts zu sehen. Als Angelos und Daniel ausstiegen, wussten sie, warum.

Eine kleine Gestalt winkte ihnen vom Hügel zu. Oder besser: fast vom Gipfel des Hügels.

Angelos schaute zum Auto, aber Daniel ahnte, was sein Ehemann im Sinn hat.

„Denk nicht mal dran!"

„Aber wozu hat man denn einen Geländewagen?", fragte Angelos zurück. „Das Wägelchen hat 565 PS!"

„Das fragst du mich? Mir würde ein Smart auch reichen!"

„Ein Smart als Polizeiauto? Die ganze Insel würde in Gelächter ausbrechen!"

„Was fährt denn die Polizei auf anderen Inseln? Ich vermute Peugeot", sagte Daniel und deutete auf Marias Wagen.

„Würden wir solche Seifenkisten fahren, kämen wir den Ferraris nicht hinterher. Und wir stellen sukzessive um. Es fängt immer beim Chef an!" Daniel lachte laut.

„Komm jetzt. Ein bisschen Bergwandern schadet dir nicht!"

„Ein Grieche wandert nicht. Er fährt auch kein Fahrrad oder joggt. Das ist was für ungesund lebende Mitteleuropäer mit schlechter Ernährung", knurrte Kommissar Nikakis.

Mit Schrecken erinnerte er sich an seinen Aufenthalt in Tel Aviv. Entsetzt hatte er verfolgt, wie ein ganzer Strand sich bewegte. Die Alten tanzten, die Jungen stritten sich um Fitnessgeräte, die fest am

Strand montiert waren. Hanteln am Beach? Für einen Griechen undenkbar.

„Ich trete mein Vorrecht heute Nacht an dich ab und verwöhne dich", sagte Daniel – und schon war Kommissar Nikakis auf dem Weg nach oben. Aber bei der Hälfte machte er schlapp.

„Sag mal. Sixpack und Muskeln, aber keine Kondition!"

„L-logistische P-pause", stammelte Angelos. „Wie kriegen wir den Alten r-runter? W-was macht der ü-überhaupt…"

„Nein, du machst jetzt keine Zigarettenpause. Da oben wartet eine Leiche, Herr Kommissar", sagte Daniel vergnügt und ohne Zeichen von Anstrengung.

„Der ist tot und hat´s nicht mehr eilig", entgegnete Angelos, setzte sich aber wieder in Bewegung. Inzwischen waren sie schon bei gut 100 Höhen-meter über der Straße angelangt.

„Ein bisschen schneller. Die Leiche wird hier gegrillt", rief Maria.

„K-klappe", schrie Angelos zurück. „Unfassbar. Kein Respekt vor dem Chef!"

Nach weiteren zwei Minuten erreichten sie den Fundort der Leiche – zehn Meter unterhalb des Gipfels.

Der alte Mann lag auf dem Bauch und dennoch leicht eingerollt. Der spärlich behaarte Kopf war schon dunkelrot.

„Maria, mach bitte Fotos. Ganzkörper … und die Hände", sagte Kommissar Nikakis.

„Die Hände?", fragte Maria ungläubig.

„Und dann drehen wir ihn um!"

„Handschuhe?", fragte Daniel, aber Angelos schüttelte den Kopf.

Als Daniel und Maria den Leichnam auf den Rücken drehten, bot sich ihnen ein verstörendes Bild.

Die Augen des Mannes waren weit aufgerissen, der Mund halb geöffnet.

Angelos´ Blick verfinsterte sich.

„Ok. Alle sofort Handschuhe an!"

Er ging in die Hocke und inspizierte die Finger der rechten Hand.

„Was ist denn? Der Mann hat keine äußeren Verletzungen", sagte Maria.

„Jemand, der an einem Gehirnschlag oder Herzanfall stirbt, sieht eher aus wie ein Schlafender. Dieser Mann hatte andere Schmerzen, vermutlich heftige und über einen längeren Zeitraum. Durch die Krämpfe ist das Gesicht verzerrt. Und dann schaut euch die Hände an. Verkrampft, die Finger blutig. Er hat sich regelrecht in den Boden gekrallt! Nebenbei hat er einen weißen Ausfluss in den Mundwinkeln!"

„Stimmt alles", sagte Maria. „Aber deswegen glaubst du, er wurde ermordet?"

Angelos Nikakis nickte.

„Ich hatte schon eine vergleichbare Leiche. In Saloniki. Gift!"

„Wo sollte er vergiftet worden sein? Das Wasser in der Flasche?", fragte Daniel.

„Nein, Süßer. Ich vermute eher eine schleichende Vergiftung. Das Level wird langsam gesteigert, ohne jedes äußerliche Anzeichen. Wenn aber der Kipppunkt erreicht ist, setzen die Schmerzen ein. So kenne ich es von Arsen", erklärte Angelos. „Bei einer Schnellvergiftung wäre der Schaum im Mundraum zu sehen!"

Daniel strahlte.

„Das bedeutet: wir brauchen eine OBDUKTION! Sehr gut!"

Maria schüttelte den Kopf.

„Hat dein Ehemann vielleicht einen Sprung in der Schüssel?"

„Nein. Er war bei der letzten Obduktion von Karnezis dabei!"

Dem Chef der Pathologie in Athen, der nur dann auf Mykonos obduzierte, wenn Angelos eine spektakuläre Leiche zu bieten hatte – so wie die in der Wagenpresse…

„Er hat alles mitgeschrieben und Skizzen angefertigt – ist mir lieber als einer, der sofort umfällt."

„Was aber normal wäre", wand Maria ein.

„Normal ist mein Gatte wirklich nicht", sagte Angelos.

„Hallo? Ich stehe neben euch", meinte Daniel, musste aber schmunzeln.

„Und wie kriegen wir den Herrn herunter? Krankenwagen, Trage hoch und dann nach unten abseilen?", fragte Daniel.

„Nein", antwortete Angelos. „Bei Mord leisten wir uns einen Hubschrauber!"

5

Ali Makbout war übelster Laune, was man daran erkennen konnte, dass jeder Schritt in Richtung Palast immer kürzer wurde. Den Nachmittag hatte er zwangsweise mit seiner übergewichtigen, keifenden Ehefrau verbracht. Von wegen, die Frauen hätten in arabischen Staaten nichts zu melden. Gerne würde Ali Makbout sie steinigen lassen – doch leider ließ seine Position als Vorsitzender des Kronrats des Emirats Fudscheirah dies nicht zu. Das Leben wäre unerträglich, gäbe es nicht Aische. Sie war Physiotherapeutin im Westin Fudscheirah und überaus gelenkig. Sie beherrschte Verrenkungen, bei denen sich Alis Frau das Kreuz gebrochen hätte. Mit dem versöhnlichen Gedanken an seine nächste „Krankengymnastik" betrat er den neu errichteten Palast.

Es waren schwierige Zeiten: der Präsident der VAE starb letzte Woche und nun auch der Emir von Fudscheirah – im Alter von nur 42 Jahren.

Das warf gewisse Fragen auf. Aber eine Obduktion war undenkbar. Doch man munkelte. Sein Nachfolger, Kronprinz Khaled, hatte bei der Beerdigung breit gegrinst.

Das wird schwierig, dachte Ali Makbout, denn er wusste: Khaled hatte zwei Jahre auf Mykonos mit einem Mann zusammengelebt. Die Details kannte

Ali auswendig. Der Mann war Angelos Nikakis, Kommissar und Bürgermeister. Der wiederum hatte Khaled auf den Mond geschossen und Khaled reagierte mit blindem Hass.

Dass Angelos nun mit einem Israeli verheiratet war, hatte nicht zur Beruhigung beigetragen, um es vorsichtig zu formulieren.

Es gehörte zu Ali Makbouts Job, Ereignisse zu erahnen. Und so hatte er schon ein Jahr zuvor seinen Kontakt beim israelischen Geheimdienst gebeten, man möge doch versuchen, die kompromittierendsten Bilder aus dem Netz verschwinden zu lassen. Natürlich vergisst das Netz nie … Da man in den Emiraten schon seit Jahren die berühmte Pegasus-Software der Israelis einsetzt, war man in Tel Aviv gerne bereit auszuhel-fen – natürlich völlig uneigennützig.

Ali Makbout fuhr in den dritten Stock.

Neben dem Thronwechsel ging es bei der heutigen Sitzung aber vornehmlich um das neue „Royal Museum Fudscheirah" – ein 500 Millionen Euro-Projekt, das Makbout fast um den Verstand gebracht hätte. Das, was die Fachleute als Exponate vorgeschlagen hatten, gefiel den konservativen Klerikern nicht – und umgekehrt.

Ein aufgeregter Berater des Britischen Museums hatte ihm tags zuvor mitgeteilt, es bestünde die Chance, die seltenste Pflanze der Welt zu ergattern. Er drückte sich um Genaueres und sprach von „gehaltvollen Gerüchten".

Makbout hatte recherchiert und tatsächlich: diese Rose von Mykonos wäre ein Besuchermagnet.
Fuck Dubai.
Die Sitzung begann.

Nach einer enervierenden Stunde war der Kronrat endlich beim Thema angelangt – was noch nichts bedeutete.
Dann platze Ali Makbout der Kragen.
„Dieses Museum braucht etwas, das andere nicht haben. Wir können sonst nicht mit Dubai und Abu Dhabi mithalten!"
Der Satz funktionierte immer. Nur ein Berater vom Rijksmuseum in Amsterdam hatte einen berechtigten Einwand:
„Die Anastatica mykonica wäre natürlich eine Sensation und sie wäre auch die teuerste, weil seltenste Pflanze oder Blume der Welt – wenn sie denn noch existieren würde!"
Er betonte den Konjunktiv besonders.
„Aber der letzte Mensch, der sie nachweislich gesehen hat, war ein Venezianer im Jahr 1467!"
Ali Makbout grinste.
„Nein. Der letzte war ein Landsmann von Ihnen. Vor vier Wochen!"
Ein Raunen ging durch den Saal.
„Und ich habe alles weitere veranlasst. Ein Team ist bereits am Fundort und .. äh .. kümmert sich um den ...äh...Erwerb!"
„Und wo ist das?", fragte der oberste Geistliche.
„Leider eben auf Mykonos", sagte Makbout.
Der Saal stöhnte auf.

Einer der Holländer fragte seinen Nachbarn leise, was denn der Grund für die Unruhe sei.

Leider antwortete der – etwas zu laut - mit:

„Der neue Emir hat sich vom dortigen Bürgermeister bumsen lassen!"

Es folgte – vorsichtig ausgedrückt: Tumult.

Bis Ali Makbout der Kragen platzte.

„Mein hochgeschätzter Imam Sultani, wenn Sie das nächste Mal in den Aufzug steigen, drücken Sie ausnahmsweise nicht auf ,Mittelalter', sondern auf ,21. Jahrhundert'. Und meine Herren aus den Niederlanden: die offizielle Sprachregelung lautet: der neue Emir hat auf Mykonos bei einem Freund gewohnt. Eine rein platonische Beziehung'!"

Einer der Niederländer prustete los.

„Kommen Sie, Herr Kronratsvorsitzender. Im Internet gab es Fotos, auf denen beide nackt zu sehen sind!"

Als ob ich das nicht wüsste, dachte Makbout.

„Alles gefaked. Außerdem sind die Fotos verschwunden", sagte er.

Hätte er gesagt, dass er dazu die Israelis um Hilfe gebeten hatte, wäre der Imam tot umgefallen.

„Gut. Hoffen wir, dass unser Team die Anastatica mykonica bald findet und unser neuer Emir dann der Welt den sensationellen Fund präsentieren kann!"

Und hoffentlich fährt seine Exzellenz nicht selbst hin, fügte Makbout in Gedanken hinzu.

Wie immer ahnte er, was passieren würde.

6

S ag mal, musst du im Obduktionssaal unbedingt rauchen?", fragte Daniel schmunzelnd.
Angelos lachte.

„Das ist ein Kellerraum mit einem größeren Kühl-
schrank und einem Tisch – und kein Obduktionssaal. Außerdem rauche ich neben der Leiche und
nicht über ihr – so wie Karnezis!"

Dem war bei einer der letzten Obduktionen eine
brennende Zigarette aus dem Mundwinkel in den
geöffneten Bauch gefallen. Das hatte Karnezis
lediglich ein „Oops" entlockt, das Zischen aus der
geöffneten Leiche war zumindest surreal.

Aber Daniel Nikakis war schon voll konzentriert. Die
Schilderung einer Obduktion war genau das, was
die Leser seines Blogs würden lesen wollen.

„Soll ich dir die Gebrauchsanweisung vorlesen?",
fragte Kommissar Angelos Nikakis vergnügt.

„Noch so ein Satz und du übst schon mal das
Selbst-Blasen. Was hätte der Kommissar denn
gerne für Informationen?"

„Der Kommissar würde zunächst gerne wissen, wer
der Herr eigentlich ist!"

„Leider trägt er keinen Zettel um den Hals!"

„Wäre über sechzig sinnvoll", meinte Angelos.

„Wirst du auch irgendwann mal. Dann kracht´s im
Rücken und dein Pfosten steht nur noch auf
Halbmast", sagte Daniel und grinste.

„Mach dir keine Hoffnungen. Dass der Herr keine Papiere dabeihat, bedeutet, dass uns um Mitternacht irgendein Hotel rausklingelt, weil ein Gast fehlt!"

„Auf Mykonos fehlen immer Gäste – die zugekokst am Strand liegen oder in den Dünen vögeln", bemerkte Daniel zu Recht.

„Es wird klingeln, glaube mir. Also: Mageninhalt, dann Blut aus der Schlagader am Hals und ein Stück Gewebe von der Muskulatur am Oberschenkel!"

„Wozu Letzteres?", fragte Daniel.

„Mit dem Mageninhalt könnten wir eine Vergiftung nachweisen, aber nicht, ob es eine Totalvergiftung oder eine schleichende war", erklärte Angelos. „Weil …"

„…sich die schleichende im Gewebe absetzt. Begriffen!", brachte Daniel den Satz zu Ende.

„Noch besser wäre eine Live-Sitzung!"

„Bist du verrückt? Karnezis fällt tot um, wenn er das sehen würde. Ich bräuchte eine Genehmigung, um das hier zu machen und auf das Telefonat kann ich verzichten", knurrte Angelos und begann, den Kopf des Toten zu untersuchen.

„Am Philtrum kleiner weißer Fleck. Schaut wie getrockneter Schaum aus. Ich nehme eine Probe und du fängst mit dem T-Schnitt an", sagte Kommissar Nikakis.

„Mit dem größten Vergnügen. Verflucht ist der zäh!"

Nur mit Mühe schnitt das Skalpell durch Haut, Fett und Muskulatur.

„Zieh aus dem Mageninhalt nur erstmal die Flüssigkeit", sagte Angelos.

In der großen Spritze sammelte sich weißer Schaum.

„Was ist denn das? Normalerweise ist das eine braune, ekelhaft riechende Brühe", sagte Daniel.

Angelos nahm die Spritze in die Hand. Die Substanz gelierte.

„Ich habe mich geirrt. Vergessen wir das Arsen!"

„Und was ist das bitte? Das ist ein strahlendes Weiß! Wie kann das sein?"

„Das Gel ist von den großen Malern für ihre Werke benutzt worden, darunter Rembrandt!"

„Wie bitte? D-die Magensäure von Toten?", fragte Daniel.

Angelos schüttelte den Kopf.

„Wir reden von Blei. Plumbium reagiert mit Säure und heraus kommt eine strahlend weiße Paste. Die Künstler haben Essig als Säure verwendet!"

„Ganz schön gefährlich", meinte Daniel.

„Jup. Aber deswegen waren die nicht dümmer als wir. Bis vor dreißig Jahren haben wir noch überall Asbest verwendet. Im Übrigen wusste man auch im 17. Jahrhundert schon um die Gefährlichkeit von Blei – und auch die Verwendung als Gift", sagte Angelos.

„Aha. Du glaubst also, man hat den Opa mit Blei vergiftet. Pulver?"

„Nein. Ich vermute, man hat Bleizucker verwendet – wie vor 300 Jahren."

„Bleizucker? Du machst Witze!"

„Nein. Damals wurde der Wein oft mit Bleizucker versetzt. Es ist immer eine Frage der Dosis. Hat der Winzer zu viel ins Fass getan, wurde er gehängt. Bleizucker wäre am Unauffälligsten. In allen Getränken verwendbar. Gut. Jetzt brauchen wir noch die Gewebeprobe und dann geht beides nach Athen", sagte Angelos.

„Und wir warten auf die Vermisstenmeldung. Nehmen wir an, er hat eine Ehefrau, dann ist sie die Verdächtige Nummer 1", meinte Daniel.

Angelos lächelte.

„Frauen sind qua Existenz immer verdächtig!"

7

Es wurde ein Uhr morgens, bis das Handy klingelte. Die erste Runde Sex hatte Kommissar Nikakis schon hinter sich, deswegen hielt sich sein Zorn in Grenzen.

Eine Dame aus dem „Aegean" in Tagoo vermisste ihren Mann.

„Ja, sie heißt Krul. Aber, Angelos, die Dame ist mehr wütend als besorgt", sagte Dimitri, der Hotelbesitzer.

Das passt nicht, dachte Kommissar Nikakis.

„Raus mit dir", sagte er zu Daniel.

„Hätte die nicht eine Nacht abwarten können?",
knurrte Daniel zurück.

Und tatsächlich war Yvonne Krul regelrecht aufge-
bracht.
„Ah, na endlich. Mein bescheuerter Mann ist noch
nicht da. Der alte Dackel meinte, er könne bei
praller Sonne eine kleine Inselwanderung machen.
Wahrscheinlich liegt er irgendwo hilflos rum oder
irgendein Bauer hat ihn gefunden und mitgenom-
men. Ich habe es so satt!"
Yvonne Krul entsprach nicht den Erwartungen von
Kommissar Nikakis. Die Frau war mindestens 20
Jahre jünger als ihr Gatte, trug teure Kleidung und
Stöckelschuhe.
„Wo wollte er denn hin?", fragte Angelos.
„Was weiß ich. Po … Pa …"
„Panormos?", fragte Angelos.
„Könnte sein. Wahrscheinlich liegt er im Gestrüpp.
Das hat er jedenfalls mehr geliebt als mich!"
Angelos schaute Daniel an und runzelte die Stirn.
Passt überhaupt nicht.
„Gut. Wir haben bei Panormos eine Leiche gefun-
den. Ich habe eine Aufnahme des Gesichts auf
meinem Handy. Es könnte ein Schock sein!"
Yvonne Krul schnaubte.
„Zeigen Sie schon her!"
Angelos hielt ihr das Handy vor die Augen.
Yvonne Kruls Blick verfinsterte sich.
„Dieser Idiot. Ich wusste es. Seit Jahren schleppt er
mich von einer Einöde in die nächste!"

Angelos wollte einwerfen, dass Mykonos wohl kaum das Kriterium Einöde erfüllt, doch die Furie war nicht zu bremsen.

„Amazonas, Papua-wieauchimmer – und das nannte er dann Urlaub. Ich bin immer fast gestorben vor Langeweile oder den Moskitos. Alles nur, weil der gnädige Herr der ‚Blumenpapst' war. Eines weiß ich jedenfalls: auf sein Grab kommt eine Betonplatte. So. Das hat er jetzt davon. Und wie bringe ich den alten Trottel jetzt nach Hause? Gibt´s hier DHL?"

Daniel lachte laut los, was ihm einen grimmigen Blick von Angelos einbrachte.

„Ich würde vorschlagen, wir reden morgen weiter", sagte Angelos.

„Was sollte morgen anders sein? Glauben Sie an Auferstehung?"

Wieder prustete Daniel los.

„Was anders ist? Ich würde gerne ein paar Stunden schlafen. Und wenn Sie nicht sofort die Klappe halten, lasse ich die Leiche holen und LEGE SIE IN IHR BETT", rief Angelos laut.

„Bitte nicht", sagte Dimitri, der Hotelbesitzer, der genau wusste. dass Angelos Nikakis keine leeren Drohungen ausstieß.

„SCHREIEN SIE MICH NICHT AN", keifte Yvonne Krul zurück.

„Bitte, Angelos", flehte Dimitri, der genau wusste, was folgen würde.

Angelos zückte sein Handy.

„Maria? Fahr in die Klinik, lass die Leiche ins ‚Aegean' bringen und dann auf Zimmer …"

Angelos schaute Dimitri fragend an.

„114", knurrte der Hotelbesitzer.

„Ist die Leiche wenigstens schon zu?", fragte Maria amüsiert.

„Leider ja!"

„ICH LEGE MICH NICHT NEBEN EINE LEICHE! D-DAS IST ILLEGAL! ICH WILL EIN ANDERES ZIMMER", schrie Yvonne.

„Keines frei", sagte Angelos bestimmt.

„Außerdem können Sie dann schon mal den DHL-Aufkleber anbringen. Kali Nichta!"

Wutschnaubend lief Angelos zum Auto.

„Wehe, du reagierst so, wenn ich sterbe", knurrte er.

Daniel lachte.

„Keine Sorge. Und wir fahren sicher nicht nach Papua-Neuguinea. Da läuft man noch nackt herum. Viel zu gefährlich für dich. Man könnte deinen Pfosten mit einer Liane verwechseln!"

„Sehr witzig. Entweder ist das die beste Schauspielerin der Geschichte oder ich liege mit der Vergiftung durch sie daneben", sagte Angelos.

„Erstens haben wir noch keinen Befund. Zweitens muss nicht zwangsläufig sie die Täterin sein", meinte Daniel.

„Zwei Mal Spoiler", sagte Angelos.

„Woher kennst du denn solch moderne Begriffe? Twitterst du heimlich?", frotzelte Daniel.

„Klar. Weiß ich alles aus meinen Dating-Apps!"

Daniel kicherte.

„Du würdest nie einen anderen Mann anfassen!"
Womit Daniel Nikakis recht hatte.

„Im Übrigen war der Trick mit der Leiche nicht schlecht. Glaube nicht, ich wüsste nicht, was das sollte – außer die keifende Schreckschraube zu ärgern!"

„Und was war der tiefere Sinn?", fragte Angelos grinsend.

„Unsere Yvonne wird das Zimmer nicht mehr betreten und Maria nimmt alles mit, was nach Glas oder Flasche aussieht! Und alles ohne Durchsuchungsbeschluss!"

„Mein kluger Ehemann!"

8

Würdest du jetzt bitte den Herrn aus 114 abholen, bevor die Maden eine Autobahn durch meine Poollandschaft bauen?", bat Hotelbesitzer Dimitri.

„Poollandschaft? Wow. Das ist ein müffelndes Plantschbecken. Aber keine Sorge. Herr Krul wird gleich vom Krankenwagen abgeholt, Die

niederländische Botschaft schickt ein Flugzeug!",
sagte Daniel Nikakis.

„Ich bin euch wirklich dankbar. Herr Krul mieft
bereits. Soll ich Frau Krul die frohe Nachricht
überbringen?", fragte Dimitri.

„Ich glaube, das möchte Seine Exzellenz selbst
übernehmen! Wo hat die Dame denn über-
nachtet?"

„Da ich kein Zimmer frei hatte, musste sie auf einer
Liege in der Poolland…, äh, hinter dem Haus
schlafen. Das hat sie – glaube ich – etwas geerdet.
Sie sieht total verknautscht aus, was Angelos wohl
im Sinn hatte. Als ich ihr einen Kaffee brachte, hat
sie sich sogar bedankt!"

„Dann ist sie wohl bereit für eine Befragung. Wir
kommen, sobald Herr Kommissar sich für präsen-
tabel hält!"

„Herrje. Ich würde mich selbst als Hetero von ihm
ficken lassen", sagte Dimitri und lachte.

„Kannst du vergessen. Wir sind gleich da!"

Zehn Minuten später trafen Angelos und Daniel
ein.

Frau Krul saß an einem Tisch im „Garten" des
„Aegean" – und sah derangiert aus.

„Bevor Sie sich noch eine Gemeinheit ausdenken –
ich sage Ihnen, was ich weiß. Allerdings wüsste ich
nicht *worüber*!"

„Das erfreut mein Herz", sagte Angelos.

„Zunächst: warum nennt, oder nannte, man Ihren
Mann den ‚Blumenpapst'?"

„Weil er Professor für Biologie an der Uni Rotterdam war – was Sie doch schon wissen. Er hat sich ein gewisses Renommee erworben, weil er mehrere Pflanzen entdeckt hatte, die als ausgestorben galten. Natürlich waren auch einige neue dabei, die dann seinen Namen trugen. ,Krulensis' oder ,kruliae'. Da geht Professoren einer ab. Mir passiert das nur, wenn Gucci eine neue Handtasche auf den Markt bringt!"

Angelos grinste.

„Nun eine etwas direkte Frage: Sie sind die Haupterbin, nehme ich an!"

Nun lachte Yvonne Krul.

„Von was? Er war Professor an einer staatlichen Uni. Jeder Sparkassen-Direktor verdient mehr. Auf dem Haus liegt eine Hypothek. Und sollte noch etwas Geld da sein – ich bin sicher, dass nach der Beerdigung nichts mehr übrigbleibt! Dieses Motiv können Sie also streichen. Und als nächstes kommt wohl ,Hass' oder ,ein anderer Lover' ins Spiel. Auch da muss ich passen. Wenn jede Frau, die ihren Mann für einen Idioten hält, ihn auch umbringen würde, bräuchten Sie ein Stadion, um alle unterzubringen! Waren Sie schon einmal verheiratet?"

„Ich bin verheiratet. Mein Opfer sitzt neben Ihnen!"

„Ah. Nun, auf Mykonos nicht erstaunlich. Gute Wahl, wenn ich das sagen darf!"

„Zurück zum Thema: wenn Ihr Mann Pflanzenexperte war, warum wählte er Mykonos als Reiseziel? Hier wächst fast nichts", sagte Daniel.

„Warum sollte ich mich beschweren? Mykonos ist eine gewaltige Verbesserung im Vergleich zu

Papua-Neuguinea. Ich bin mir nicht sicher, aber ich denke, es hat mit Urlaubsfotos eines nervigen Kollegen zu tun. Bei einem Abendessen mussten wir seine Ergüsse des letzten Urlaubs anschauen. Mykonos. Jedenfalls war mein Mann bei einem Foto plötzlich hellwach. Aber gesagt hat er nichts. Noch auf der Rückfahrt hat er vorgeschlagen, nach Mykonos zu fahren. Er hat ein paar Tage danach mit irgendjemand telefoniert, und von einer ‚Rose von Mykonos' gesprochen. Mit wem: keine Ahnung, ich habe es nur aufgeschnappt", sagte Yvonne Krul.

Eine Rose? Auf Mykonos? Unmöglich. Auf ganz Mykonos wächst nicht eine Rose, dachte Angelos.

„Und während dieses Urlaubs wollte er ein Exemplar dieser Rose finden?", fragte Daniel.

„Ja. Deswegen ist er gestern Morgen aufgebrochen. Er hat sich ein Taxi genommen, den Rest wollte er laufen. War wohl keine gute Entscheidung. Ach ja: eigentlich wollte er erst heute losgehen, aber ich habe ihn nach dem vierten Tag aus dem Touristenprogramm entlassen.

Das genervte Gesicht war kaum zu ertragen. Wie auch immer: er fühlte sich gut, also ging er schon am nächsten Vormittag los. Das ist alles, was ich weiß!"

„Und wo waren Sie den ganzen Tag?", fragte Angelos.

Yvonne grinste.

„Ich habe die besten Zeugen der Welt: Gucci, Prada und Sephora. Und die Kreditkartenbelege. Einen Taxibeleg nach Paraga zu einem sündhaft teuren Restaurant. Es war der erste richtige Urlaub seit Jahren, da dachte ich mir …"

„…ich haue mal auf den Putz. Das Alibi spielt ohnehin keine große Rolle", sagte Angelos. Yvonne lachte.

„Das war ein Spaß. Schließlich ist mein Mann ja nicht ermordet worden!"

Daniel und Angelos schwiegen. Lange.

„Sie machen Witze", meinte Yvonne mit bleichem Gesicht.

„Ihr Mann wurde vergiftet. Und zwar mit Blei-zucker", sagte Angelos.

9

23. Dezember 0,
6 Meilen vor Bethlehem

Joseph, der Schreiner, fluchte.
Seit Stunden liefen sie jetzt schon durch die Wüste und dieses beschissene Kaff war immer noch nicht zu sehen.

Kommt davon, wenn man keine Pauschalreise bucht, dachte er. Aber wer wollte schon hier-herfahren? Hier ist nichts außer Sand und Fels.

Joseph haderte wieder einmal mit seinem Schicksal. Vor allem aber haderte er mit seiner Frau.

„Wenn du noch langsamer läufst, wächst du am Boden fest. Hopp, hopp!"

„Aber ich bin schwanger", beklagte sich Maria. „Und ich trage das gesamte Gepäck!"

„Der Mann ist zuständig für das große Ganze, wie zum Beispiel die Orientierung!"

„Du stehst neben einem Schild, auf dem steht: Bethlehem 2 Stunden!", erwiderte Maria.

„Da siehst du es. Dank meiner Fähigkeiten sparst du überflüssige Meilen. Das kann man mit Gepäck ausgleichen. Und jetzt komm!"

Doch schon nach wenigen Schritten hörte Joseph wieder das Genörgle.

„Wenn ich noch einmal das Wort schwanger höre … ich habe seit Jahren keinen Saft mehr im Stift, also kann ich nicht der Vater sein!"

Natürlich war das gelogen. Josephs südliche Organe funktionierten sehr wohl. Allerdings nur bei Marjan im Freudenhaus des Türken. Sie wog mindestens einen Zentner weniger als Maria, von ihrer Gelenkigkeit ganz zu schweigen.

Vor lauter Schwärmen hatte er kurzzeitig das Wehklagen seiner Frau vergessen.

„Ich habe dich nicht betrogen", sagte Maria.

„Und jetzt kommt wieder dieser Unsinn mit der unbefleckten Empfängnis. Kann schon sein, dass Mustafa, der Kameltreiber, oder Aladin, der Wasserträger, keine Flecken hinterlassen haben.

Glückwunsch, dafür haben sie wohl umso ziel-
sicherer getroffen!"

„Mustafa? Er ist der Sohn meiner besten Freundin
und noch ein Kind!"

„Mir egal. Ich bin nicht der Vater. Basta. Und jetzt
weiter. Ich will noch vor Sonnenuntergang in
diesem gottverlassenen Nest sein!"

„Gibt es dort wohl einen Medicus?", fragte Maria.

„Wenn du ihn bezahlen kannst, schon. Ansonsten:
stell dich nicht so an. Die alten Ägypterinnen
haben mit Steinquadern auf dem Rücken Kinder
geboren. Hätten die bei jeder Niederkunft eine
Pause eingelegt, gäbe es keine Pyramiden!"

Drei Stunden später hatten die beiden Bethlehem
erreicht.

„Na endlich bist du mit dem Wasser da", sagte
Joseph, der auf einem Stein sitzend auf Maria
gewartet hatte. „Dort drüben ist eine Scheune.
Solltest du Wehen bekommen, tu es bitte leise, das
Laufen war anstrengend für mich!"

Natürlich, dachte Maria. Ich bin schwanger, trage
das Gepäck und der Herr ist überanstrengt. Sie
vergaß kurz das göttliche Fluchverbot.

Während sich Maria auf die Strohballen fallenließ,
setzte sich Joseph auf einen Stuhl neben dem
Eingang, als drei seltsame Gestalten des Weges
kamen.

„Schon wieder Flüchtlinge", dachte Joseph.

„Salve", sagte einer der Männer. „Wir sind Caspar,
Melchior und …"

„…Julius Cäsar. Schon klar. Hier gibt es nichts. Nur
meine Alte und mich", knurrte Joseph.

„Wir sind weit gereist, denn hier soll heute ein bedeutendes Kind geboren werden", sagte Caspar.

Joseph lachte.

„Hier findet ihr nur das Kind eines Kameltreibers – oder eines Wasserträgers. Näheres kann euch nur der schlafende Koloss da hinten sagen!"

„Mist", sagte Caspar und schaute Melchior an.

„Ich habe es dir gesagt: Balthasar hatte keine Vision. Er hatte nur die ganzen Backen voller Kat. Das Scheißzeug vernebelt ihm sein Gehirn!"

„Ohnehin nicht sein auffälligstes Organ", antwortete Melchior, während Balthasar dümmlich vor sich hin grinste.

„Und was machen wir mit unserem Geschenk? Ich schleppe es nicht zurück!"

„GESCHENK?", fragte Joseph, plötzlich hellwach.

„Ja. Eine seltene Pflanze", sagte Caspar.

Er öffnete einen Holzkasten und ließ etwas Wasser aus einem Lederbeutel auf den Inhalt tröpfeln.

„Das ist ein Holzklumpen", knurrte Joseph.

Plötzlich raschelte und knarzte es.

Die Kugel öffnete sich und die Ästchen rollten aus. Kleine, grüne Blätter schossen heraus und zum Schluss schlüpften kleine Blüten in Pink hervor.

Erstaunlich, dachte Joseph.

„Woher ist das Ding?"

„Es stammt von einer griechischen Insel!"

„Nun gut. Natürlich nehmen wir das Geschenk an. Und jetzt lasst uns ruhen. Ich bin müde von der Reise. Das schwere Gepäck, ihr versteht.

Geradeaus geht´s zum Rathaus. Gute Nacht!"

Caspar drückte Joseph die Box in die Hand und die drei Fremden verließen die Scheune.

Eine Stunde später stahl sich Joseph aus der Scheune.

So – und jetzt auf nach Jerusalem auf den Tempelmarkt, abkassieren und dann nach Jaffa einen saufen.

Joseph übte schon seinen Text für das Ausschreien der Ware.

Woher zum Teufel war das Ding?

Ach ja.

Es stammte von den schwulen Griechen.

10

Zwei der schwulen Griechen saßen in ihrem Haus in Ornos und waren erstaunt. Nein: eher verdattert.

Eine Stunde vorher hatte Karnezis, der Chefpathologe angerufen.

„Ich muss einen Satz sagen, bei dem es mir die Eingeweide verdreht", sagte er.

„Lassen Sie mich raten. Der Satz heißt bestimmt: ‚Sie hatten recht'!", antwortete Angelos süffisant.

„Sie sind schlimmer als die Pest, Nikakis. Aber bitte: es war Bleizucker. Das ist aber nicht das Entscheidende. Die Vergiftung dürfte sich nur über einen kurzen Zeitraum erstreckt haben. Die Gewebe-analyse ähnelt ja den Jahresringen eines Baums. Demnach würde ich vermuten, dass sich die Dosenverabreichung über fünf oder sechs Tage erstreckt hat!"

„Was? Das würde bedeuten, dass das Ganze erst hier auf Mykonos begann", sagte Angelos überrascht.

„Also wenn Sie die Ehefrau verdächtigen, würde ich vorschlagen, die Theorie zu überdenken. Hätte sie ihren Mann umbringen wollen, dann hätte sie das zuhause viel bequemer tun können. Kleinere Dosen über einen längeren Zeitraum, außerdem kann man zuhause besser die Spuren verwischen. Nein, vier ungefährliche Dosen an vier Tagen. Die fünfte, mit der der Kipppunkt erreicht war, dann am Tag des Mordes. Passt alles nicht zu Ihren Vermutungen, hä?", fragte Karnezis mit hörbarer Genugtuung.

„Ich vermute nie etwas. Außerdem war mir schnell klar, dass das Verhalten von Frau Krul nicht dem einer Mörderin entspricht", sagte Angelos. „Meist kommt der Mörder aus dem engsten Kreis, aber andererseits sind mir schwierige Fälle lieber", sagte Kommissar Angelos Nikakis.

„Ach, das Wichtigste hätte ich jetzt fast verges-sen", meinte Karnezis eher beifällig. „In den Gläsern und Flaschen aus dem Zimmer wurden wir fündig!"

Wieder entfuhr Angelos ein kurzes „Was bitte?".

„Schon wieder überrascht? Nun, besonders intelligent kann der Täter nicht gewesen sein. Zwei

Flaschen enthielten Bleizucker. Und zwar in hoher
Konzentration. Es waren Weinflaschen derselben
Marke. Domaine Katsaros 2006", sagte Karnezis.
„Die anderen Gläser und Flaschen waren nicht
kontaminiert?", fragte Angelos.
„Jup. Nur der Katsaros!"

11

Daniel und Angelos Nikakis fuhren nach Kalo
Livadi. Dimitri, Besitzer des „Aegean" hatte
ihnen mitgeteilt, dass die Witwe Krul in tiefer
Trauer beschlossen hatte, den Tag am Strand zu
verbringen.
„Die Dame spielt wohl die lustige Witwe", meinte
Daniel.
„Das darf jeder so machen, wie er will. Mir ist es so
lieber, als wenn sie die Tiefbetroffene spielt",
antwortete Angelos.
„Gut. Und wenn wir schon in Kalo Livadi sind,
schauen wir uns ein kleines Häuschen an, das mir
gefällt", sagte Daniel beiläufig.
„W-w-was?", stotterte Angelos.
„Wie heißt es: jeder Mann sollte einen Baum
pflanzen, ein Haus bauen und .. äh ..das dritte fällt
bei uns wohl flach!"

„Aber ich habe immer in diesem Haus gewohnt, seit ich auf Mykonos lebe", meinte Angelos.

„Du weißt, dass das nicht stimmt. Du hast mit Khaled in einer Villa oben …"

„Jaja. Khaled habe ich aus meinen Erinnerungen gestrichen!"

„Wir wollen miteinander alt werden. Dann sollten wir nach einem Zuhause suchen, das uns beiden gefällt. Wir können natürlich auch in Ornos bleiben, aber das sieht so aus, als ob du dir eine Hintertüre offenhältst", sagte Daniel.

„Du vertraust mir also nicht?", fragte Angelos.

„Doch. Aber im Moment wohne ich bei dir. Irgendwie habe ich das Gefühl, ich wäre nur Gast", sagte Daniel, während er durch Ano Mera raste.

„Können wir das bitte ausdiskutieren, wenn wir den Fall gelöst haben?", fragte Angelos.

„Sicher!"

Am Strand von Kalo Livadi herrschte Ruhe.

Das war einer der Gründe, warum Kalo Livadi Angelos´ Lieblingsstrand war. Trotz der beiden Beachclubs war in der Mitte noch ein großer, öffentlicher Bereich zum Sonnen und Baden. Und die Beschallung des „Solymar" fiel unter die Rubrik „angenehm".

Sunshine. Simply Red.

Die trauernde Witwe lag nicht am Strand, sondern saß beim Lunch im „Solymar".

Sie trug ein chices, sehr freizügiges Sommerkleid in leuchtendem Grün.

„Verurteilen Sie mich nicht. Soll ich mich bei 30 Grad in dieses grässliche Zimmer sperren? Im Souterrain? Das würde Luuk nicht wollen. Aber setzen Sie sich doch zu mir. Oder darf man mit des Mordes Verdächtigen nicht speisen?"

„Der Herr Kommissar speist mit wem er will. Außerdem ist die Chance auf ein Geständnis größer, wenn das Gespräch in wohliger Umgebung stattfindet", antwortete Angelos.

„Leider habe ich nichts zu gestehen", meinte Frau Krul.

„Ich habe zunächst auch nur ein paar Fragen. Ihr Mann wurde mit Bleizucker vergiftet, über einen Zeitraum von etwa fünf Tagen!"

„Fünf Tage? Genau so lange sind wir hier auf der Insel. Spricht das nicht eher für mich? Wollte ich Luuk umbringen, hätte ich es sicher zuhause getan!"

„Das war auch meine Überlegung. Doch wer war es dann? Hat Ihr Mann in der Zeit jemanden getroffen? Oder eine Bekanntschaft gemacht?"

Yvonne Krul lachte.

„Bekanntschaft? Mein Mann interessierte sich nur für Menschen, deren Horizont den von Pflanzen nicht überstieg, daher …"

„…lautet Ihre Antwort: nein. Nun ist es so, dass das Gift aus einer Weinflasche stammt. Ein Katsaros 2006. Übrigens ein hervorragender Wein!"

„Kann sein. Ich trinke keinen Alkohol. Die Flasche stand bei Ankunft auf unserem Zimmer. Jeden Abend gab es eine neue. Ich fand das außerordentlich zuvorkommend vom Hotel. Da er so gut war, hat Luuk ihn jeden Abend leergetrunken!"

Angelos nickte Daniel zu, worauf dieser aufstand. „Und Ihr Gatte fühlte sich danach nicht schlecht?" „Nur betrunken", sagte Frau Krul und lachte.

Daniel kam zurück und schüttelte den Kopf.

„Das dachte ich mir. Die Flasche kam mitnichten vom Hotel. Gut, Frau Krul. Sie können die Insel verlassen!"

„Ich würde gerne noch bleiben. Schließlich ist alles bezahlt. Luuk hält sich gekühlt doch ein paar Tage!"

Angelos grinste und verabschiedete sich.

„Darf ich dir jetzt das Häuschen zeigen?", fragte Daniel. Angelos nickte.

Sie fuhren nur 200 Meter bergauf und standen vor einem Bungalow mit großer Terrasse und Swimming-Pool.

„Diese Ruhe im Vergleich zu Ornos. Und dann schau: dieser Ausblick. Hier möchte ich alt werden", sagte Daniel.

„Du bist 30. Aber wie gesagt: Sprechen wir darüber, wenn der Fall geklärt ist!"

„Vielleicht fragen wir Alex", schlug Daniel vor. Alex war Angelos´ verstorbener Mann.

„Nun schau nicht so. Ich weiß, dass du mit ihm sprichst", sagte Daniel.

„Du findest das zu recht etwas seltsam", meinte Angelos.

„Im Gegenteil. Ich bin Jude. Die meisten mystischen Geschichten haben wir verbrochen. Fahren wir zurück!"

Sie konnten es nicht wissen: aber die Mörder von Luuk Krul befanden sich in diesem Moment nur zwei Häuser entfernt.

12

Ali Makbout lief im Kreis und das seit über zwei Stunden. Das Telefonat mit dem Team auf Mykonos war wenig erfreulich – vorsichtig ausgedrückt. Das „Humar" (Esel) war noch die harmloseste Beschimpfung.

„Er sollte erst einen Tag später sterben. Die Dosis ist von Wissenschaftlern exakt berechnet worden, sein Gewicht, sein Gesundheitszustand – alles wurde berücksichtigt. Ihr müsst ihm die falsche Dosis verabreicht haben!"

„Das kann nicht sein. Die fünfte Dosis haben wir noch hier!"

Widerspruch war nichts, was den Vorsitzenden des Kronrats erfreute.

„Was war euer Auftrag?"

„Wir sollten Krul die fünf Dosen verabreichen, ohne dass er es merkt und ohne Spuren zu hinterlassen!"

„Wann sollte er sterben?"

„Am Tag nachdem er die Pflanze gefunden hatte, denn wir sollten herausfinden, wie er sie lagert, damit wir sie richtig transportieren. Er wäre an diesem Tag in seinem Zimmer geblieben, da er die Pflanze nicht alleine lassen würde. Seine Frau hingegen würde auf Shopping-Tour sein. Krul wäre verstorben und wir hätten die Pflanze gehabt und die kontaminierten Flaschen entsorgen können", sagte Abdulaziz.

„Falls es dir nicht selbst aufgefallen ist: in deinen Sätzen verwendest du ziemlich viele Konjunktive, was bedeutet: IHR HABT ES VERBOCKT. Keine Pflanze, stattdessen eine Mordermittlung, geführt vom fähigsten Kommissar Griechenlands!"

„Wir könnten den Bereich, indem die Leiche lag, untersuchen, ob dort eine derartige Pflanze wächst", schlug Abdulaziz vor.

„Du hast nicht nur das Gesicht eines Pferdes, sondern auch dessen Gehirn. Bleib bloß weg von dem Hügel. Nikakis würde es mitbekommen. Stellt er dann fest, dass ihr aus Fudscheirah seid, wird er sich in den Fall verbeißen! Außerdem würdet ihr die Pflanze nicht erkennen. Sie ist ohne Wasser ein Astknäuel!"

„Sollen wir also nach Hause fahren?", fragte Abdulaziz.

„Einen Teufel werdet ihr. Ihr wartet auf weitere Anweisungen. Und bis dahin bleibt ihr in dem Haus!"

„Aber wir brauchen Lebensmittel", protestierte Abdulaziz.

„Braucht ihr nicht. Seht es als vorgezogenen Ramadan. Steck ihr den Kopf aus der Türe, schneide ich ihn euch persönlich ab!"

13

Und was machen wir jetzt? Im Hotel die Kameraaufnahmen von fünf Tagen anschauen?", fragte Daniel.

„Was würden wir darauf sehen? Hunderte von Touristen, Dutzende von Angestellten… und keiner würde eine Flasche Wein in die Kamera halten", sagte Angelos. „Das würde uns nicht weiterbringen, abgesehen davon wären wir tagelang damit beschäftigt. Wir brauchen einen anderen Ansatz!"

„Und der wäre?"

„Tatort, Zeugen und Verdächtige liefern nichts Brauchbares, also stürzen wir uns worauf?", fragte Angelos.

„Das Motiv?"

„Richtig. Der Mord richtete sich nicht gegen Krul persönlich!"

„Das sieht Herr Krul wohl etwas anders", meinte Daniel und kicherte.

„Keine Wortklaubereien. Gehen wir davon aus, dass er ermordet wurde, weil er diese Rose von Mykonos gefunden hat", sagte Angelos.

„Aber er hat sie nicht gefunden. Da war nichts", widersprach Daniel.

„Das wissen wir. Aber weiß es auch der Täter? Vergiss nicht, dass Krul früher starb als geplant. Durch Kruls Diabetes führte eine geringere Menge Bleizucker zum Tod. Was der Täter nicht weiß: durch Kruls Frau wissen wir von der Pflanze. Außerdem geht er davon aus, dass wir den Todesfall als natürlichen Tod einstufen!"

„Das hätten wir auch. Hättest du mit deinem Bleizucker nicht richtig gelegen. Karnezis hätte Krul gar nicht erst obduziert", sagte Daniel.

„Dafür können wir uns nichts kaufen. Also brauchen wir alle Informationen über diese seltsame Rose …"

„Da sind wir schnell fertig. Im Netz findet sich nichts. Nada. Ich habe überall gesucht. Zwei Seiten mit vagen Hinweisen auf Venezianer. Keine Zeichnung, keine Beschreibung", sagte Daniel.

„Was bedeutet: wir brauchen Hilfe", sagte Angelos. „Wir rufen alle botanischen Fakultäten an. Oriste!"

Doch zwei Stunden später waren sie nicht weiter. Weder die Fakultät in Athen noch in Saloniki wussten Näheres. Angelos hatte auch Yossi in Tel Aviv gebeten, seine Quellen anzuzapfen.

„Bist du sicher, dass wir keinem Phantom hinter-
herjagen? Die Rose von Mykonos könnte auch als
Synonym stehen", gab Daniel zu bedenken.
„Richtig. Aber jetzt kümmern wir uns zuerst um die
botanische Version."
Plötzlich vibrierte Angelos´ Handy.
Eine Nummer aus Israel. Angelos lächelte.
„Herr Nikakis. Hier Rachel Weizmann von der
Universität Haifa. Herr Cohen vom Mossad hat
mich heute kontaktiert bezüglich einer seltenen
Pflanze!"
„Ja. Es geht um eine Rose von Mykonos", sagte
Angelos.
„Sie meinen eine Zeichnung oder eine Erwähnung
in einem Schriftstück!"
„Nein, Frau Weizmann, ich meine die Pflanze. Es
scheint wohl mindestens ein Exemplar zu geben",
erklärte Angelos.
Stille.
„D-das kann nicht sein. Diese Rose ist zuletzt von
den Venezianern gesichtet worden!"
„Das ist das Einzige, was wir selbst herausfinden
konnten. Aber …"
„Ich nehme morgen Vormittag den ersten Flug",
sagte Rachel Weizmann.
„Hervorragend. Noch eine Bitte: wir brauchen
noch eine Pflanze, die dieser Rose ähnlich sieht",
sagte Angelos.
Rachel lachte.
„Für eine Charade?"

„Ja. Aber ich muss Ihnen sagen, dass es einen Mord gab, der irgendwie mit dieser Rose zusammenhängt. Es könnte gefährlich werden!"
Rachel lachte.
„Umso besser. Ich kann etwas Aufregung gebrauchen!"

„Sehr gut. Dann kümmern wir uns jetzt um was, Herr Kommissaranwärter?", fragte Angelos.
„Hm. Die Verbindungsdaten von Kruls Handy, Emails … sein Notebook ist laut seiner Frau nicht mehr da. Aber für all das brauchen wir eine gerichtliche Anordnung, dann einen Antrag beim Innenministerium, danach Interpol …!"
Angelos griff grinsend zum Handy.
„Hallo Ruud, hoe is het?"
„Na sowas. mein schöner Grieche!", sagte eine mehr als erfreute männliche Stimme.
Daniel verdrehte die Augen.
„Ruud, ich brauche deine Hilfe. Wir haben hier einen töten Holländer, äh, Niederländer, schon gut. Wir glauben, dass er vergiftet wurde. Um bei der Suche nach dem Motiv weiterzukommen, bräuchten wir seinen Laptop und die Verbindungs-daten seiner Handys. Und ich dachte …"
„…dass ich einem schönen Mann nichts abschlagen kann!"
Angelos lachte.
„So ungefähr. Du hättest dann etwas gut bei mir! Seine Frau ist noch hier, es kann also niemand zuhause sein!"

„Natürlich mache ich mich dadurch strafbar, aber die Aussicht, bei dir etwas gut zu haben, ist zu verlockend. Name, Adresse, Handynummer!"

Als Angelos das Gespräch beendet hatte und aufsah, stand Daniel mit verschränkten Armen da.

„Unfassbar. ‚Mein schöner Grieche'? Hast du mit dem gesamten Lehrgang geschlafen?"

Angelos grinste.

„Eben nicht. Wie sagt der Engländer? That keep´s the myth!"

Daniel verließ die Küche in Richtung Garten.

Als Angelos den sechsten Espresso des Tages aus der Maschine herausließ, sah er, dass Daniel an Alex´ Grab saß.

Zwei Minuten später war Daniel zurück und sagte: „Also Alex findet meine Idee mit dem Haus gut!"

„Erzähl mir jetzt nicht, dass du ihn auch hören kannst", sagte Angelos, unsicher, ob sich Daniel über ihn lustig machen wollte.

„Frag ihn doch!"

Und so marschierte Angelos in den Garten, in dessen hinterem Teil das Grab von Alex lag.

Er setzte sich auf den kleinen Quader.

„Bist du da?", fragte Angelos.

„Natürlich. Sonst hätte Daniel mich nicht fragen können!"

„Ich dachte immer, nur ich kann dich hören", sagte Angelos.

Alex lachte.

„Ich entscheide, wer mich hören kann. Also: ja, Daniel hat mich nach dem Haus gefragt und ich finde die Idee gut. Natürlich war dieses Haus unser

Haus, aber es steht für etwas, das vorbei ist. Du hast ein neues Leben, endlich den richtigen Mann gefunden – es wird Zeit, Angelos. Außerdem: hätte ich Daniel vor dir getroffen – ich wüsste nicht …"

„Überlege dir gut, was du jetzt sagst", knurrte Angelos.

„War ein Scherz. Daniel braucht ein Zeichen, dass du es ernst meinst", sagte Alex.

„Wozu? Ich liebe ihn!"

„Das weiß er. Aber manchmal braucht es eine Geste oder eine Handlung, die das unterstreicht. Er ist der Richtige. Bei Khaled und Yariv war ich mir sicher, dass keiner davon wirklich zu dir passt!"

„Na, wenn du das sagst", meinte Angelos und stand auf.

„Noch eines. Ich darf dich nicht vor etwas warnen, was in der Zukunft liegt. Daher sage ich nur einen Namen: Khaled!"

Oh Scheiße, dachte Angelos.

14

„Guten Morgen, mein schöner Grieche. Liegst du etwa noch im Bett?", fragte Ruud. „Du weißt genau, dass ich Langschläfer bin", knurrte Angelos.

„Woher sollte ich? Wir sind nie nebeneinander aufgewacht – was ich sehr bedauere!"

„Immer noch der Charmeur!"

„Ich habe heute Nacht alle Regeln gebrochen, die es gibt", sagte Ruud.

„Es war für einen guten Zweck: für mich!"

Daniel, der neben Angelos lag, verdrehte die Augen.

„Also, was hast du?"

„Krul hat in den Tagen vorher mehrere Telefongespräche mit derselben Nummer geführt. Sie gehört einem gewissen Guus Hiddink. Der Mann ist einer der bekanntesten Blumenzüchter und Auktionator!"

„Auktionen für Blumen? Nun, in einem Land, das alles frittiert, ist wohl alles möglich!"

„Komm mich besuchen, dann wirst auch du frittiert!"

Daniel griff nach dem Handy und sagte:

„Angelos hat eine Ausreisesperre!"

„Wer war das?", fragte Ruud.

„Eine israelische Nervensäge, die mein Ehemann ist!"

„Ehemann? Ach, der Glückliche. Jedenfalls haben sich Krul und Hiddink einige Emails geschrieben. Zwar erwähnen sie keine mykonische Rose, aber es geht um eine Pflanze, die mit AM umschrieben wird."

„Anastatica mykonica", sagte Angelos. „Du schickst mir natürlich die Mails!"

„Da ich Wachs in deinen Händen bin: ja. Aber ich brauche dir nicht zu sagen, dass nichts davon vor

Gericht verwendet werden darf. Sonst bin ich arbeitslos und muss bei dir einziehen", sagte Ruud.

„Wir bringen dich gerne in einem Hotel unter", ging Daniel dazwischen.

„Entschuldige bitte meinen Ehemann. Er ist immer grundlos eifersüchtig. Danke, Ruud!"

Angelos legte das Handy weg.

„Mein Gott, Daniel. Entspann dich. Wir hatten nie etwas miteinander. Wenn ich mich recht erinnere, standen wir lediglich einmal gemeinsam unter der Dusche! Außerdem ist er hetero, glaube ich!"

„Natürlich. Ganz bestimmt", sagte Daniel mit spöttischem Blick. „Ich frage mich nur, wie eine zweite Person in eine Dusche passt, wenn du schon darunter stehst und dein Bügel den freien Raum versperrt – außer man kniet sich hin!"

15

Ali Makbout lief noch langsamer als gewöhnlich in Richtung Palast. Er musste in den fünften Stock. Dorthin wollte nun wirklich niemand, denn dort residierte der Emir.

Eine „Einladung" dorthin bedeutete für einen Bediensteten selten eine Ehre, dafür oft Gefahr. Das galt umso mehr, seit Kronprinz Khaled dort residierte und sich schon jetzt benahm, als wäre er der neue Herrscher – aber das war er faktisch auch jetzt schon.

Ali Makbout schwitzte, schob es aber auf die Gluthitze. 43 Grad und der Kronprinz: eine gefährliche Kombination.

Kurz hoffte er, dass Khaled über die Tagesordnung des nächsten Kronrats oder über die Einführungszeremonie sprechen wollte. Aber für Letztere war der Zeremonienmeister zuständig und der nächste Kronrat war erst in der folgenden Woche.

Nein. Der Emir hatte Wind bekommen, wahrscheinlich durch irgendeinen Spion im Rat. Was soll ich ihm sagen?

Auf alle Fälle muss ich verhindern, dass er sich persönlich der Sache annimmt.

Impulsiv wie er nun einmal war, würde Khaled im besten Fall in jeden Fettnapf treten, im schlechtesten Fall die Fettnäpfe nur so durch die Gegend schleudern.

Die Aufzugstüre öffnete sich.

Als ein Palastdiener die Tür zum Kabinett öffnete dieser und schrie:

„Seine Exzellenz, der ehrenwerte Kronratsvorsitzende Ali Makbout!"

So mancher verließ diesen Raum ohne den Zusatz „ehrenwert", einige mit einem neuen Adjektiv geschlagen: todgeweiht.

„Ah, mein lieber Makbout", hörte er Khaled sagen. Allah stehe mir bei, denn: gute Nachrichten habe ich nicht zu verkünden.

16

S o, mein lieber Makbout. Jetzt erzählen Sie mir
mal, was es mit dieser Pflanze auf sich hat",
sagte Kronprinz Khaled.
"Ich möchte Sie nicht mit einem Vortrag lang-
weilen, denn ..."
„Überlassen Sie bitte mir zu entscheiden, was mich
langweilt. Nur um das für die Zukunft gleich zu
klären!"
Das fängt ja gut an, dachte Makbout.
„Nun, Exzellenz. Sie wissen, dass wir auf der Suche
nach besonderen Exponaten für unser neues Royal
Museum sind, und zwar aus allen denkbaren
Bereichen. Exponate, die von Wert sind und kein
Blendwerk wie in Dubai oder Abu Dhabi!"
„Allgemeinplätze können Sie in Zukunft auch
weglassen", sagte Khaled. „Die Pflanze, Makbout,
die Pflanze!"
„Äh ja. Wir haben Pegasus genutzt, um gezielt
nach diesen Exponaten zu suchen, auch nach
verschollenen Gemälden!"
„Pegasus. Die Abhörsoftware der Zionisten", sagte
Khaled.
„Israelis. Wir haben seit heuer diplomatische
Beziehungen zu Israel", entgegnete Makbout.

„Im Falle der Rose von Mykonos war keinerlei Nachrichtenverkehr festzustellen, weltweit. Ausgenommen acht Vorgänge, und zwar alle aus den Niederlanden, alle in Verbindung mit Professor Krul. Wir haben den Dekan kontaktiert, uns als deutsche Kollegen ausgegeben und behauptet, wir möchten Krul ein Präsent zukommen lassen. Der Dekan meinte, Krul wäre Weintrinker, seine Frau hingegen sei abstinent."

„Wieso haben Sie nicht einfach versucht, Krul zu kaufen? Musste es gleich eine Gewalttat sein?", fragte Khaled.

Das sagt der Richtige, dachte Makbout.

„Krul war Idealist. Aus den Gesprächen ging hervor, dass es ihm allein um den fachlichen Ruhm geht. Er hätte uns die Pflanze nie verkauft!"

„Also haben Sie ihn durch Bleizucker vergiften lassen - und sind aufgeflogen", sagte Kronprinz Khaled.

„Die Methode ist Jahrhunderte alt, aber heute kaum bekannt. Die Pathologie in Dubai hat mir versichert, dass sie nicht einmal wüsste, wie sie ihn finden sollten. Die Analyseprogramme würden auch nichts liefern. Ich bin immer noch fassungslos, dass die Vergiftung ans Licht kam!"

„Hätte ich Ihnen sagen können. Ich verliere sonst kein gutes Wort über meinen Ex, aber er ist zweifellos einer der besten Kommissare überhaupt!"

„Ich verstehe nur nicht, warum er in der Pressemeldung nicht das Wort 'vergiftet' verwendet hat, sondern explizit den Bleizucker erwähnte!"

Khaled lachte.

„Das ist seine Art, uns mitzuteilen, dass er uns auf den Fersen ist. Ich hoffe, es gibt keine Verbindung zu uns!"

„Nein. Geplant war, eine Vergiftung über fünf Tage. Er sollte erst nach dem Fund der Pflanze die letzte Dosis bekommen. Nach dem Fund hätte er die Rose in seinem Zimmer bestimmt bewacht, während seine Frau sicher wieder auf Shopping-Tour gegangen wäre. Der Ablauf war wichtig, weil wir wissen wollten, wie die Pflanze gelagert werden muss. Wir hätten ihn besucht, die letzte Dosis verpasst, die Spuren, sprich die Flaschen, beseitigt und die Pflanze mitgenommen. Durch Pegasus hatten wir erfahren, dass er die ersten vier Tage mit seiner Frau Urlaubsprogramm machen musste. Shopping, Delos, Strand. Am fünften Tag wollte er auf Wanderung gehen, nach Po ..."

„Panormos, Makbout. Sie sollten sich besser vorbereiten, wenn Sie eine Audienz bei mir haben!"

Klar. Du kennst den Namen nur, weil du auf Mykonos herumgevögelt hast.

„Klappte alles nicht so richtig, wie?"

„Nein. Er ging einen Tag früher los und starb, bevor er die Pflanze gefunden hat. Ärgerlich, aber es gibt einen Ersatzplan. Noch ist die Pflanze nicht verloren", sagte Makbout.

„Nehmen Sie sich vor Nikakis in Acht, Makbout. Er weiß dank Ihrer Dummheit, dass irgendetwas im Busch ist. Ein Botaniker, der ermordet wird. Dann die eher mittelalterliche Methode. Nikakis wird keine Ruhe geben!"

Nikakis? Früher war es der geliebte Angelos. Bis er dich auf den Mond geschossen hat. Und nun habe ich dich an der Backe, und das auch noch als zukünftigen Emir.

Ich sollte in Rente.

„Wie sieht der zweite Plan aus?"

„Nun, Krul konnte doch nicht seine Klappe halten und hat mit einem Blumenzüchter gesprochen und ihm von seiner Entdeckung erzählt. Der war mehr als interessiert. Als der Blumenzüchter vom Tod Kruls erfahren hat, buchte er sofort einen Flug nach Mykonos. Er kommt morgen. Wir heften uns an seine Fersen und werden ihn, äh, überreden, uns die Rose zu überlassen!"

„Ein zweiter Holländer, der auf denselben Berg steigt? Sagen Sie Ihren Leuten, Sie sollen äußerst vorsichtig sein. Nikakis wird nicht ruhen, bis der erste Mord aufgeklärt ist. Wird ein zweiter Blumenfuzzi getötet, dann sollten Ihre Männer sofort die Insel verlassen. Natürlich nur mit der Rose. Was ist an der eigentlich so besonders?", fragte Khaled.

„Sie deckt gleich drei Felder ab: sie wäre eine botanische Sensation, sie wäre ein lebendiges Exponat, da sie sich blitzschnell öffnet und schließt. Und: sie gilt im Christentum als auch im Islam als heilig. Der Überlieferung nach brachten die Heiligen Drei Könige sie mit und überreichten sie Joseph und Maria. Im Islam wird erzählt, dass Maria sich unter eine Palme setzte, hungrig und durstig. Daraufhin ließ Allah Feigen aus dem Baum fallen und neben Maria tat sich eine Quelle auf. Das

Wasser ließ die Rosen aufblühen, sodass Maria in einem Blumenmeer saß. Als sie sich hinsetzte, waren da nur Holzkugeln. Das Besondere an der Rose von Mykonos ist, dass sie pinkfarbene Blüten trägt. Die normale Wüstenrose hat nur weiße Blüten!"

„Die Rose kommt also aus dem Nahen Osten. Wie kam sie nach Mykonos?"

„Durch die Venezianer. Wir vermuten, sie haben sie in Jaffa erworben, um damit Kasse zu machen, gerade mit dem Attribut 'heilig' ein gutes Geschäft. Allerdings wird die Pflanze während der Fahrt eingegangen sein. Bis Mykonos, dem nächsten venezianischen Hafen, waren es sieben Tage. Es ist wahrscheinlich, dass die Venezianer die Pflanze auf den Müll geworfen haben. Dieser Müll lag direkt neben der venezianischen Festung auf Mykonos, bei Ano Mera, in direkter Nähe zu dem potenziellen Fundort, den Krul ausgemacht hat. Bei uns ist die Rose mit den pinken Blüten ausge-storben. Auf Mykonos könnte sie überlebt haben!"

„Gut, Makbout, dann hängen Sie sich an den Blumenhändler dran. Und seien Sie vorsichtig. Eigentlich hätte ich gute Lust, selbst hinzufahren, aber die Proklamation als Emir steht kurz bevor", sagte Kronprinz Khaled.

Ja, du bleibst besser hier, dachte Makbout. Das letzte, was wir brauchen, ist ein Skandal. Ein Emir mit heruntergelassener Hose auf Mykonos. Oder ein Emir, der seinen Ex umbringt.

„Sie dürfen gehen", sagte Khaled.

17

Kommissar Angelos Nikakis und Daniel saßen auf ihrer Terrasse in Ornos. Hätten Sie gewusst, dass der Mord an Krul nur das Vorspiel gewesen war und dass Khaled wieder auf Mykonos auftauchen würde: sie wären nicht so entspannt am Tisch gesessen.

Angelos saß vor dem Notebook und quälte sich durch die Dateien aus Kruls Computer.

„6.243 Bilder. Und nur Pflanzen. Nicht mal eine nackte Frau!"

„Seit wann legst du Wert auf Frauen?", fragte Daniel und kicherte.

„Tu ich nicht, aber für einen Hetero ist das seltsam. Da mache ich lieber weiter mit den E-Mails!"

Eine Viertelstunde später rief er laut „Ja!".

„Da sind noch Mails im Papierkorb – mit Hiddink, dem Blumenhändler!"

„Gut. Aber Guus Hiddink als Blumenhändler zu bezeichnen, wäre nicht angemessen. Er ist auch einer der größten Pflanzenanbauer in den Niederlanden – und das will etwas heißen in einem Land, das für Käse und Blumen weltweit bekannt ist. 400 Quadratkilometer Fläche. Und nebenher arbeitet er als Auktionator. Aber unser Guus hat offensichtlich auch dunkle Seiten. Ich habe mehrere kritische Berichte im Netz gefunden", sagte Daniel.

„Kritisch? Verkauft er krumme Tulpen?", fragte Angelos.

„Sonnenschein, sein Unternehmen ist nicht börsennotiert. Das bedeutet: es gibt keine Bilanz, keine Quartalsberichte. Alles Verschlusssache. Aber ein Magazin hat den Umsatz auf 500 Millionen Euro geschätzt!"

„Vielleicht sollten wir in unserem Garten auch Tulpen setzen", meinte Angelos.

Daniel lachte.

„Unser Garten ist ein botanischer Schandfleck. Es gedeihen nur Kakteen!"

„Stimmt doch nicht. In der schattigen Ecke gedeihen meine lila Petunien, die ich hege und pflege", entgegnete Angelos.

„Noch. Jedenfalls hat dieses Magazin einen großen Artikel veröffentlicht, mit schweren Vorwürfen. Unfeine Tricks bei der Übernahme kleinerer Konkurrenzbetriebe, illegale Beschäftigung, Ausbeutung von Flüchtlingen!"

„Aha. Also eher ein Blumengauner. Aber schau hier. Eine E-Mail von Krul an Hiddink, in der er schreibt, dass er am 22. nach M. fliegt. ‚Die ersten vier Tage muss ich mit meiner Alten einen auf Tourist machen, also werde ich mich am 26. auf Wanderung begeben und hoffentlich fündig werden. Ich gebe dir danach Bescheid'", sagte Angelos.

„Da haben wir die fünf Tage Vergiftungszeit. Jemand hat die Kommunikation überwacht."

„Pegasus", sagte Daniel lapidar. „Aber was hat ein ehrenwerter Professor mit einem dubiosen Blumenhändler zu tun?"

„Hier. Eine ältere Mail. Krul fragt, ob man die Rose in großem Stil anbauen könnte und Hiddink meinte, dass sie in muslimischen Ländern ein Renner werden könnte. Schließlich wäre sie heilig. Und Hiddink biete Krul 10% des Gewinns aus dem Verkauf", sagte Angelos.

„So viel zum Thema Integrität und Wissenschaftler. Könnte Hiddink hinter dem Mord stehen?", fragte Daniel. „Vielleicht hat Krul die Mails deswegen im Papierkorb deponiert. Als Rückversicherung!"

„Das wäre etwas anderes als illegale Beschäftigung. Ich sollte noch einmal Ruud kontaktieren", sagte Angelos.

Daniel verdrehte die Augen.

„Herrje. Muss ich mir dann wieder dieses Geschleime anhören?"

„Hallo, Ruud. Schon wieder ich. Und wieder brauche ich deine Hilfe!"

„Mein Herz jubelt, aber dieses Mal kostet es etwas. Ich denke an getragene Shorts zu Weihnachten. Schließlich hast du Marco damals auch welche geschenkt!"

Daniel fuhr mit dem rechten Zeigefinger über seine Kehle.

„Äh ja. Ist lange her. Hör zu: ich muss wissen, ob der Mord an Professor Krul in euren Medien thematisiert wurde!"

Ruud lachte.

„Und wie. Du hast in deiner Pressemeldung von Bleizucker gesprochen und davon, dass diese Mordmethode aus Holland stammt!"

„Sehr gut. Du kennst Guus Hiddink? Ja, genau. Ich müsste wissen, ob er oder seine Firma Flüge nach Mykonos gebucht hat. Zeitraum 21. bis 27.!"

„Dazu müsste ich in seine Büro-Mails und die seines Vorzimmers reinkommen. Die Boarding-Pässe kommen ja per Mail. Ich brauche nicht zu erwähnen, dass auch das illegal wäre", meinte Ruud.

„Denk einfach an die Shorts", sagte Angelos und lachte. „Danke!"

Daniel stand vor Angelos, mit ungläubigem Blick. „Du hast schon einmal deine Shorts verschenkt? Das ist doch nicht zu fassen!"

„Warum? Marco hat mich damals darum gebeten. Ich hatte nichts mit ihm, also was ist daran schlimm? Er hat sich gefreut wie ein Schneekönig. Ich bin sicher, er hat das Ding das ganze Wochenende auf dem Kopf getragen", meinte Angelos und grinste. „Das nennt man vollen Einsatz!"

„Wie viele solcher Fans hat denn mein Kommissar?"

Angelos zuckte mit den Schultern.

„Vielleicht solltest du einen Online-Shop eröffnen", knurrte Daniel. „Ab sofort gilt: das Verschenken von Unterwäsche ist untersagt", knurrte Daniel. „Ende!"

Für Ruud war das Angebot jedoch zu verlockend.

Noch am Abend rief Ruud zurück.

„Er hat tatsächlich einen Flug nach Mykonos gebucht. Nur er. Aber er kommt erst. Übermorgen. Er fliegt über Frankfurt, mit Lufthansa. Er landet …"

„… um 19 Uhr 10. Super. Die Shorts verschicke ich, sobald ich dazu komme", sagte Angelos.

„Aber wehe, sie sind gewaschen!"

Angelos beendete das Gespräch. Daniel stand in der Tür – mit verschränkten Armen.

„Äh, ich bräuchte ein Kuvert", sagte Angelos. „Und weil ich die Hosen gerade unten habe: du darfst deinen Zorn gern an mir auslassen!"

„Was ich garantiert machen werde", knurrte Daniel.

„Gott, du bist so süß, wenn du eifersüchtig bist", sagte Angelos.

„Leck mich. Halt, nein. Das ist ja keine Strafe!"

Es war der letzte halbwegs ruhige Tag. 24 Stunden später waren aus einem Mord fünf geworden – und Angelos Nikakis wurde klar, dass Khaled, sein Ex, bald auf der Bildfläche erscheinen würde.

18

ngelos Nikakis mochte Rachel Weizmann von der ersten Sekunde an – was ihm in Bezug auf Frauen eher selten passierte. Mit einem breiten Lächeln stand sie vor der Haustüre der Herren Nikakis.

„Ich bin Rachel Weizmann, ich bin etwas früher da, was an meiner Neugier liegt. Ich bitte um Verzeihung!"

„Herzlich willkommen und hereinspaziert. Das ist mein Ehemann Daniel", sagte Angelos.

Daniel schenkte der jungen Frau ein „Schalom" und sein umwerfendes Lächeln.

„Regel Nummer eins: kein Hebräisch in diesem Haus. Das ist keine Sprache, sondern eine Stimm-bandzerrung", meinte Angelos vergnügt.

Rachel Weizmann lachte herzhaft, was ihn endgültig für sie einnahm.

Ihr Gepäck bestand aus einem kleinen Rollkoffer und einer Art Kühlbox.

„Zu unserer Arbeitsweise, Frau Weizmann. Wir trinken Espresso in rauen Mengen!"

„Rachel, bitte. Keine Einwände!"

Rachel war Ende zwanzig und sehr attraktiv. Langes blondes Haar, ungeschminkt – sie war eine natürliche Schönheit.

„Ich bin etwas überrascht. Ich hatte …", begann Angelos.

„… eine alte verknitterte Professorin erwartet. Passiert mir öfters. Wollen wir uns der Rose widmen?"

„Dann erzähle ich Ihnen erstmal, was wir wissen …" Fünfzehn Minuten später war Rachel im Bilde.

„Sie sind sich sicher, dass Krul wegen der Pflanze ermordet wurde?"

„Ja. Es gibt kein anderes Motiv, zumindest ist uns keines über den Weg gelaufen", sagte Angelos.

„Und Hiddink scheidet als Verdächtiger aus?", fragte die junge Professorin aus Israel.

„Meiner Meinung nach: ja. Krul hat ihm erst in einer Mail von der Fundstelle erzählt, als er schon auf Mykonos war. Im Übrigen hatte Hiddink ja eine Vereinbarung mit Krul getroffen, die ihm 90% des Profits zusprach. Und dann war weder er noch irgendein anderer Angestellter der Firma auf der Insel, als die Vergiftung Kruls begann", erklärte Angelos.

„Es gibt also eine dritte Partei. Diese hat Krul ermordet und wollte sich die Pflanze krallen – oder will es immer noch. Wie hat die dritte Partei überhaupt von der Existenz der Rose erfahren?", fragte Rachel.

„Pegasus. Jemand muss gezielt nach jedweder Kommunikation über die Rose gesucht haben und dann auf Krul gestoßen sein!"

„Pegasus. Gibt´s irgendeinen Staat, der diesen Dreck nicht missbraucht?", fragte Rachel gereizt, wissend, dass es sich um ein israelisches Produkt handelte.

„Und morgen kommt Hiddink, um die Pflanze auszugraben?"

„Er kommt, um sie zu suchen. Er kennt den genauen Standort aber nicht", sagte Angelos.

„Aber Sie!"

„Nein. Für uns war das ein Tatort. Für die Pflanzen rund um die Leiche haben wir uns nicht interessiert. Und würden wir jetzt auf dem Hügel herumspringen, dann würde das die dritte Partei auf den Plan rufen. Vergessen Sie nicht, dass offiziell niemand etwas von der Rose weiß. In der Presseverlautbarung stand nichts. Also hoffen die Täter, dass sich die Aufregung um den Mord legt und sie dann in Ruhe suchen können!"

„Was bedeutet, dass auch ich erst einmal nicht suchen darf. Was ist Ihr Plan?", fragte Rachel.

„Wir werden mit Hiddinks Hilfe die dritte Partei aus der Reserve locken. Und das gelingt uns mit Ihrer Hilfe und Ihrer Ersatzpflanze. Wir werden Ihre falsche Rose heute auf dem Hügel deponieren. Morgen wird Hiddink sie finden …"

„Aber der Kerl hat gewaltiges Übergewicht. Der kommt da nie rauf", wand Daniel ein.

„Braucht er auch nicht. Er hat ja seine zwei Kolumbianer dabei. Bestimmt Leibwächter oder Schläger, garantiert keine Botaniker. Hiddink wird die zwei hochschicken. Ich vermute, mit einer Kamera und in seiner Zentrale sitzen dann Fachleute, um zu überprüfen, ob der Fund echt ist!"

„Und wo sind Sie während der Aktion?", fragte Rachel.

„Wir stehen am Heliport in Panormos und überwachen alles per Drohne. Wenn ich richtig liege, wird die dritte Partei versuchen, Hiddink die Pflanze abzunehmen. Entweder auf der Fahrt oder später in Hiddinks Hotel. Dann werden wir da sein", sagte Angelos. „Für den Plan brauchen wir eine Ersatzpflanze, die möglichst nahe…"

„Ich habe eine Wüstenrose mitgebracht. Gleiche Gattung, denn die Rose von Mykonos ist eine Mutation und unterscheidet sich nur bezüglich der Blütenfarbe!"

Rachel öffnete die Kühlbox und holte einen Holzkasten mit Erde heraus. Obendrauf lag ein Knäuel aus vertrockneten Mini-Ästen.

„Sieht aus wie eine Deko-Kugel von Ikea", meinte Daniel.

„Dann warten Sie mal ab!"

Rachel ging zur Spüle und füllte ein Wenig Wasser in einer Tasse.

„Und nun aufgepasst!"

Sie ließ ein wenig Wasser auf das Holzknäuel tropfen. Sofort entrollten sich die Äste, grüne Blätter schossen heraus und zum Schluss schoben weiße Blüten nach.

Den ganzen Vorgang über knisterte und raschelte es.

„Faszinierend", meinte Angelos.

Eine Minute später war das Spektakel vorbei.

„Die Rose von Mykonos reagiert also genauso. Der einzige Unterschied liegt …"

„… in den andersfarbigen Blüten, ja!"

„Haben Sie eine wissenschaftliche Erklärung für die andere Farbe?", fragte Daniel.

„Nun. Ich vermute, dass die Venezianer die Rose in Jaffa oder Beirut an Bord genommen haben und damit zu ihrem nächsten Hafen gefahren sind – und der lag auf Mykonos. Wofür ich heute eine Stunde gebraucht habe, dauerte früher fünf schweißtreibende Tage. Die Pflanze muss eingegangen sein, aufgrund des Mikroklimas im Schiffsbauch. Sie landete auf dem Müll und überlebte doch. Vielleicht kam sie auf dem Müll mit einem pinkfarbenen Objekt in Kontakt und hat dessen Farbe angenommen und die Information auch im Samen gespeichert!"

„Aber das ergibt keinen Sinn. Die Venezianer kauften die gewöhnliche Wüstenrose, mit weißen Blüten. Dass sie mutieren würde, konnten sie nicht wissen, denn da lag sie schon auf dem Müll in Gizi", widersprach Daniel.

„Wissenschaft ist nicht immer logisch. Die These, die Venezianer hätten sie weggeworfen, würde erklären, warum es die Rose nie nach Venedig geschafft hat!"

„Woher weiß man überhaupt etwas von dieser Rose und ihren pinken Blättern?", fragte Angelos.

„Von einem venezianischen Universalgelehrten, der 1467 vier Wochen in Gizi war!"

„Gizi?", fragte Daniel.

„Heute Ano Mera. Und was hat unser Gelehrter geschrieben?"

„Nicht viel. Bei anderen Pflanzen war er viel genauer. Er schrieb lediglich über eine Pflanze, die bei Wasserkontakt aufblüht und lilaähnliche Blüten hervorbringt. Aber er fertigte eine grobe Zeichnung an und die zeigt eindeutig eine Wüstenrose!" Daniel schaute fragend.

„Die Rose hier hat weiße Blüten. Hiddink wird es sofort merken, dass es keine Rose von Mykonos ist. Er braucht nur ein bisschen Wasser darüber schütten!"

„Und deswegen wirst du die nächsten zwanzig Minuten immer wieder ein paar Tropfen auf die Pflanze geben, um zu verhindern, dass sie sich schließt. Währenddessen werden Rachel und ich die Rose präparieren. Wir werden die Blüten pink einfärben", sagte Angelos.

„Du willst die Blüten lackieren?", fragte Daniel.

„Nein. Wir verwenden wie die großen Maler Safran. Ist zwar kein Pink, aber auf alle Fälle nicht weiß", antwortete Angelos. „Außerdem werden wir ihnen keine Zeit für große Überprüfungen lassen. Wir werden sie stören!"

Rachel druckste etwas herum.

„Und wenn Sie die Täter festgenommen haben, dann darf ich auf den Hügel und suchen?"

„Versprochen. Und wenn Sie sie finden, nehmen Sie sie mit", sagte Angelos.

„Im Ernst?", fragte Rachel.

„Ich nehme an, dass die Voraussetzungen in Ihrem Museum besser sind als in unserem hier. Und eine Nachrüstung wäre schlicht zu teuer", sagte Angelos.

„Aber es handelt sich um eine griechische Pflanze. Hat Ihr Premierminister sicher nichts dagegen?", fragte Rachel.

„Bestimmt hat er etwas dagegen", meinte Angelos.

„…aber das interessiert den Herrn Bürgermeister nicht", fügte Daniel lachend hinzu.

„Damit ich es richtig verstehe: wir fahren jetzt zu dem Hügel, auf dem Professor Krul verstorben ist und graben meine Pflanze ein. Sie ist von unten feucht, also brauchen wir sie nicht gießen, was verdächtig wäre. Dann gräbt Hiddink sie aus, wir stören Ihn und er haut ab – mit der Pflanze. Klappt Ihr Plan, folgen die eigentlichen Täter Hiddink und nehmen ihm die Pflanze ab. Sobald Sie die Täter dingfest gemacht haben, darf ich den Hügel abgrasen und mitnehmen, egal, was ich finde!"

„Na ja, ein kleines Schild mit dem Hinweis „Dauerleihgabe der Gemeinde Mykonos" wäre schön", sagte Angelos.

„Nur eine Frage: was passiert, wenn die Täter Hiddink Gewalt antun?"

Angelos grinste.

„Dann sieht er zum ersten Male seine Zwiebeln von unten!"

19

Guus Hiddink war wütend.

„Eine Zumutung", knurrte er in Richtung der Flugbegleiterin. Der Grund war simpel: auf der Strecke Frankfurt – Mykonos gab es keine Erste Klasse, sondern nur Business.

Verächtlich blickte er auf den winzigen Hügel auf seinem Teller. Eine Portion bayerischer Wurstsalat, der auf einen Löffel gepasst hätte.

Guus Hiddink reiste nicht alleine. Zwei seiner Mitarbeiter saßen weiter hinten. Im firmeneigenen Personalverzeichnis wurden sie als Angehörige der Abteilung „Sicherheit" geführt.

Es waren zwei Kolumbianer, die eine Eigenschaft besaßen, die Hiddink gefiel: keinerlei Skrupel.

Wie kommt ein holländischer Blumenhändler an kolumbianische Schläger? Nun, dazu muss man wissen, dass Hiddinks Unternehmen, wie alle niederländischen Blumenkonzerne, im Wettstreit mit afrikanischen Firmen lagen.

Besonders Äthiopien war ein ernstzunehmender Konkurrent. Die meisten Rosen, die in Europa verkauft werden, stammen aus dem ostafrikanischen Land. Und in Afrika gilt noch immer das Recht des Stärkeren. Hiddink hatte zahlreiche kleinere Rosenbauern zur Betriebsaufgabe genötigt, um im Rosenhandel mitzumischen. Renitente Fälle wurden von den beiden

Kolumbianern gelöst. Es waren diese beiden, die Hiddink darauf hinwiesen, dass Ostafrika ideal dafür wäre, eine besondere Ware umzuschlagen: Schlafmohn aus Afghanistan. In keinem der beiden Häfen Dschibuti und Mombasa wurden Container überprüft. Die Beamten befiel jedes Mal beim Einlaufen eines Hiddink-Schiffes plötzliches Unwohlsein. Auch in Rotterdam kümmerte man sich in der Regel nicht um die Blumenlieferungen, die aus Ostafrika kamen.

Das Unternehmen war perfekt aufgestellt: offiziell ein Blumen- und Pflanzen-Imperium, das zusätzlich ein zweites Standbein besaß. Im weitesten Sinne hat auch dieser Bereich einen Bezug zu einer Pflanze. Also sah sich Hiddink auch nicht als profanen Drogenhändler.

Hiddink war übergewichtig, schwitzte leicht und hatte ein ungesund wirkendes, aufgeschwemmtes Gesicht und galt als cholerisch.

Er war fest entschlossen, diese Rose von Mykonos in seinen Besitz zu bringen. Dass Krul ermordet wurde, war kein größeres Problem für ihn. Im Gegenteil: er würde sich die zehn Prozent Gewinnanteil sparen können. Anschließend würde er „seine" sensatio- nelle Entdeckung publik machen. Eine Kombina- tion aus Ruhm und Profit – das waren prächtige Aussichten. Die Rose würde ein Renner in islamischen Ländern und man hätte endlich keine Leerfahrten in den Mittleren Osten mehr. Dass Krul ermordet worden war, schreckte Hiddink nicht ab. Seine beiden Kolumbianer hatten schon Männer bei lebendigem Leib gehäutet.

Gott sei Dank hatte Professor Krul ihm noch mitgeteilt, wo denn die Pflanze zu finden war. Natürlich hatte Hiddink nicht vor, selbst auf den Hügel zu steigen. Seine Fachleute standen in der Zentrale in Utrecht bereit, um Ferndiagnosen zu stellen. Eine große Gruppe, die rund um den Tatort herumwerkelt, wäre viel zu auffällig.

Es stimmt, die gewöhnliche Anastatica habe ich bereits im Angebot und sie ist kein Verkaufsschlager.

Und es stimmt ferner: sie unterscheidet sich von der Rose von Mykonos nur durch die andere Blütenfarbe.

Dennoch: es ist – war – eine ausgestorbene Pflanze und das durchschlagendste Verkaufsargument: sie gilt als heilig, zumindest inoffiziell.

Von Istanbul bis Kalkutta wird sie gekauft werden.

Das heftige Ruckeln bei der Landung holte Hiddink zurück in die Gegenwart. Empört stellte Hiddink fest, dass man die Business-Passagiere nicht in Ruhe aussteigen ließ. Von hinten drängelte der Urlaubs-Pöbel.

Zu Fuß begab sich Hiddink zum Terminal und fand sich in einer Schlange wieder.

Was zum Teufel …

Es dauerte zehn Minuten bis Hiddink an der Reihe war.

Der zuständige Polizist verließ kurz danach seinen Platz und ging in einen Nebenraum.

„Herr Kriminaldirektor Nikakis? Das Zielobjekt ist eingetroffen. Dann haben wir noch zwei kolumbianische Staatsbürger, die am Gepäckband mit dem Zielobjekt gesprochen haben", sagte der junge Beamte.

„Gut gemacht", sagte Angelos. „Und Herr Nikakis reicht völlig!"

„Zu Befehl, Herr Nikakis!"

20

Eduardo und Ruiz hatten sich gerade kaputtgelacht – natürlich nachdem ihr Chef ihr Zimmer verlassen hatte.

„Que diablos. Ein Tropenanzug. Wir sind auf Mykonos und nicht im Amazonas. Außerdem beträgt die Strecke drei Kilometer und die, die den Berg hochklettern, sind wir", sagte Eduardo. „Und nimm genügend Wasser mit. Der Chef stinkt jetzt schon nach Schweiß!"

„Von mir aus kann er sich in Scheiße wälzen, so gut wie er bezahlt", meinte Ruiz. „Das ist leicht verdientes Geld. Außerdem müssen wir niemand mehr zersägen!"

Da wäre ich mir nicht so sicher. Die neuen Geschäftsfelder sind exakt unsere alten, nur dass Hiddink davon keine Ahnung hat. Aber heute geht es nur um eine beschissene Pflanze.

Eine Stunde später erreichten sie den Hügel hinter Agios Sostis. Hier endete der asphaltierte Teil der Straße.

„Also los, Jungs. Hoch auf den Berg. Alles mit der Kamera aufnehmen, schön sorgfältig. Die Fachleute sitzen im Büro und geben euch genaue Anweisungen. Haltet euch dran. Und wehe, ihr macht die Pflanze kaputt, dann seid ihr eure Cojones los", sagte Hiddink.

Schwätzer, dachte Ruiz.

Es war die zwölfte Pflanze, die in Utrecht Unruhe auslöste.

„Näher ran", lautete das Kommando.

Ruiz folgte dem Befehl, obwohl er lieber die Aussicht genossen hätte. Aus dem Plug hörte er aufregte Stimmen.

„Gut, Ruiz. Hören Sie mir genau zu: Sie nehmen jetzt die Wasserflasche und gießen ein wenig Wasser genau in die Mitte, an den Pflanzenstamm. Und ja nicht zu viel!"

Das Ding ist ja verdammt hässlich, dachte Ruiz. Und deswegen ein solcher Aufstand?

Ruiz folgte seinen Anweisungen und es bot sich das Schauspiel, das sich Angelos und Daniel tags zuvor geboten hatte.

Nicht schlecht, dachte Ruiz.

„Sind die Blüten pink?", fragte die aufgeregte Stimme aus Utrecht. „Die Bildqualität ist nicht perfekt!"

Was kein Wunder war, denn Angelos hatte den nächstgelegenen Funkmast von der OTE kurzfristig stilllegen lassen.

„Äh ja, größtenteils. Eher rosa. Und was jetzt?"
Aber er hörte nur Jubel und klirrende Gläser.
„Warten Sie, bis die Pflanze sich geschlossen hat.
Dann graben sie die Pflanze vorsichtig aus. Mit
zehn Zentimeter Abstand zu den Blatträndern. In
die Tiefe fünfzehn und immer auf etwaige Wurzeln
achten. Haben Sie das erledigt, legen Sie die
Pflanze in den Behälter mit dem Substrat. Alles mit
größter Sorgfalt, versteht sich!"
„Du gräbst", sagte Ruiz und gab Eduardo den
Klappspaten.
Eduardo hatte die Pflanze bereits zur Hälfte
ausgegraben, als er das Gefühl bekam,
beobachtet zu werden.
„Ruiz, schau! Da oben schwirrt eine beschissene
Drohne herum!"
Jetzt sah auch Ruiz sie.
„Dann grab das Ding aus und nichts wie
weg hier. Soll ich den Vogel abschießen?"
„Nein", schrie Hiddink dazwischen. „Runter mit
euch!"

Einen Hügel weiter südlich grinste Angelos.
„Siehst du das Abfangkommando?"
Daniel nickte.
„Am Heliport! Wir sollten …"
„Nein. Herr Hiddink und zwei Kolumbianer,
bestimmt ehemalige Mitarbeiter eines Drogen-
kartells. Dazu die Mörder von Professor Krul. Die
sollen das unter sich ausmachen!", meinte
Angelos. „Und wir begeben uns auf die
Logenplätze!

21

Schon auf der Fahrt von Agios Sostis nach Panormos kamen Ruiz Zweifel an der Harmlosigkeit der Drohne. Das war kein Tourist und sein neuestes Spielzeug.

Das war ein Oktokopter, Preis 14.000 Euro, Ladegewicht 3 Kilo. Ruiz kannte die Drohne aus dem Effeff. Sie wird weltweit von Drogenhändlern zur Warenauslieferung benutzt. Eine Drohne plappert nicht, betrügt nicht und sie kann fliegen. Er hatte die Gefahr noch nicht vollständig erfasst, als er beim Heliport in die Steilkurve einbog. Direkt hinter der Kurve stand ein Transporter quer. Davor zwei Vermummte mit MPs im Anschlag.

Ruiz bremste scharf.

„Was sind das für Arschlöcher?", schrie Hiddink.

„Langsam aussteigen und ich will die Hände sehen", brüllte einer der Maskierten.

Kurz überlegte Ruiz, wie sie aus dieser Klemme herauskommen könnten, aber er erkannte schnell: aus drei Metern mit einer MP würde auch ein zweifach Armamputierter ein Blutbad anrichten. Langsam stiegen Eduardo und Ruiz aus.

Mit der MP bedeutete einer der Vermummten den zwei Kolumbianern zum hinteren Ende des Landefelds zu laufen.

Hiddink saß noch immer im Wagen. Er könnte den Versuch wagen, einfach davonzufahren. Aber bis

er von hinten auf den Fahrersitz geklettert wäre …
Und dann sein Übergewicht … Klugerweise verwarf
er den Plan.

Oberhalb von Panormos standen Angelos und
Daniel und beobachteten die Szenerie.
„Sollten wir nicht eingreifen?", fragte Daniel.
„Noch nicht. Bisher haben wir nur den Fall Krul.
Indizien, noch dazu bei einem Giftmord. Ein Fest für
jeden Anwalt", sagte Angelos. „Seit einer Minute
haben wir bereits eine Entführung. Reicht für ein
paar Jahre. Viel besser!"
Angelos behielt die Szenerie um Auge. Plötzlich sah
er, wie Ruiz Eduardo ein Zeichen gab.
Angelos kannte es. Es bedeutete Kopfschuss.
„Mist. Los!"
Sie rasten den Berg hinunter und stellten den AMG
quer hinter den Transporter. Die zwei Vermummten
waren in Hiddinks Wagen eingestiegen, fuhren auf
den Landeplatz und versuchten zu drehen.
Just in diesem Moment überkam Guus Hiddink
ein Anflug von Mut. Obwohl die Waffe auf ihn
gerichtet war, packte er den Arm des Mannes auf
dem Beifahrersitz.
Angelos und Daniel nahmen zeitgleich die Reifen
ins Visier.
Der Fahrer steuerte den Wagen in den Graben,
der andere Vermummte und Hiddink wurden nach
vorne geschleudert. Dann löste sich ein Schuss.
„RAUS. AUF DEN BODEN: UND ICH WILL DIE HÄNDE
SEHEN!"

Die zwei Mörder lagen auf der Straße, Hände und Beine weit von sich gestreckt.

Angelos beugte sich über Hiddink, der wieder auf den Rücksitz zurückgeschleudert worden war.

Rosa Bläschen.

Er schüttelte den Kopf.

„Er wird es nicht schaffen!"

„Ich rufe dennoch einen RTW", sagte Daniel.

Angelos wusste: Hiddink würde vorher sterben.

Er lief über den Landeplatz und schaute am Rand hinunter.

Ruiz und Eduardo. Bald auch noch Hiddink

Insgesamt drei Leichen. Mit Krul vier.

Daniel zog eine Augenbraue hoch.

„Ja, ich habe mich verschätzt, ich gebe es zu. Ich dachte, die nehmen die Pflanze mit und das war´s!"

„Das hat zwei Menschen das Leben gekostet, plus Hiddink", meinte Daniel.

„Das waren zwei Kolumbianer. Ich schätze die zwei haben schon so manchen mit Bohrmaschinen und Zangen traktiert. Kein großer Verlust!"

Er legte den zwei Tätern Handschellen an und zog ihnen die Mützen vom Kopf.

Was er sah, überraschte ihn: das sind Araber, dachte er.

„Einsteigen. Daniel, ich halte sie in Schach und du bindest sie mit den Seilen an den hinteren Kopfstützen fest. Um den Hals herum, schön fest!"

Der RTW war mittlerweile da, aber der Sanitäter schüttelte den Kopf.

„Und alles wegen einer Holzkugel", fluchte Angelos.

„Das glaubst du doch selbst nicht", entgegnete Daniel.

Er hat Recht, dachte Angelos.

22

In der Polizeidienststelle am Flughafen war man mehr als erstaunt, Kommissar Nikakis zu sehen. „Hast du dich verlaufen?", fragte Maria mit einem Augenzwinkern. „Du unter gewöhnlichen Polizisten?"

„Noch ein Wort und du belegst die dritte Zelle. Du weißt, dass dieser hässliche Kasten an einem bescheuerten Ort steht. Dort, wo man garantiert keine Polizeistation braucht …"

„…weil da genügend herumspringen. Alles gut, Schöner. Was sollen wir mit den Zwei machen?"

„Erkennungsdienstlich behandeln. Durchsuchen einschließlich Finger im Po. Und nein, ich mache das nicht. Dann überlege ich mir, wie wir aus den Bastarden möglichst schnell möglichst viel herausholen", sagte Angelos.

Daniel grinste.

„Und in Europa beschwert man sich über unsere Methoden!"

„Unsere? Ich dachte, du heißt Nikakis und wolltest es so?", fragte Angelos.

„Ich wollte eigentlich nur dich", sagte Daniel und setzte den Teddybärblick auf.

„Unwiderstehlich", meinte Maria und lachte.

„Hinterhältig und verschlagen", sagte Angelos und grinste.

„Nun gut. Was machen wir als Erstes?"

Das war eine rhetorische Frage.

„Die Kameras ausschalten", sagten Daniel und Maria zu gleicher Zeit.

„Gut, Maria. Du bestellst Pizza für die Herren, ich hole die Flasche mit den Abführtropfen und du, Daniel, holst die Boxen und stellst sie vor den Zellengittern auf. Du entscheidest, ob Rammstein oder Motorhead! Laufen die Fotos schon durch die Datenbank, Maria?"

Maria nickte.

„Ich würde die Fotos auch an Yossi schicken", sagte Daniel. „Wenn die zwei Araber sind, weiß er wohl am ehesten, wer sie sind!"

„Stimmt. Mach!"

23

Guus Hiddink füllte fast das ganze Bett aus.
„Wer sind Sie?", blaffte er.
„Kripo Mykonos", antwortete Angelos.
„Mir scheint, dass Sie ziemlich überflüssig sind und die Menschen auf dieser Insel nicht sicher!"

„Wie kommen Sie denn darauf?"

„WEIL ICH HIER LIEGE UND ZWEI MEINER MITAR-
BEITER TOT SIND!"

„Die Polizei kann selten Verbrechen verhindern. Schon gar nicht, wenn Opfer sie begünstigen", sagte Angelos lapidar.

„Was meinen Sie damit?", blaffte Hiddink.

„Sie haben eine seltene Pflanze ausgegraben und sie außer Landes schaffen wollen. Das ist nach griechischem Recht eine Straftat!"

„Sie wissen von der Rose?", fragte Hiddink.

„Wir hatten Sie und Ihre Mitarbeiter immer im Blick, denn wir wussten, dass die Mörder von Professor Krul sich an Ihre Fersen heften würden", sagte Angelos.

„SIE HABEN ZUGESCHAUT, WIE EDUARDO UND RUIZ HINGERICHTET WURDEN?", brüllte Hiddink.

„Nein. Wir waren fast vor Ort. Lediglich zehn Sekunden zu spät. Wie gesagt: ein Verbrechen zu verhindern, ist schwierig. Vor allem, wenn man uns im Dunkeln lässt, was das Motiv angeht. Im Übrigen waren Ihre Mitarbeiter wohl früher Mitarbeiter eines

Drogenkartells. Das zumindest sagt die DEA. Und wir fragen uns, warum die beiden in den letzten zwei Wochen vier Einreisestempel aus Äthiopien und den Niederlanden haben. Zumal es keine Passagierflüge an diesen Tagen gab. Es dürften dann wohl Frachtflüge gewesen sein, oder?"

„Wenn Sie Ihre Arbeit machen würden, wüssten Sie, dass ich Rosenplantagen besitze. Fast alle Rosen, die in Europa verkauft werden, kommen aus Ostafrika!"

„Das wissen wir. Ungewöhnlich ist nur, wenn enge Mitarbeiter in kürzester Zeit vier dieser Flüge begleiten!"

„Man muss denen da unten auf die Finger schauen, sonst verdirbt die Ware schnell. Es sind Schnittblumen. Ab und zu begleiten wir die Flüge, um zu kontrollieren, das alles passt!"

„Vier Mal in zehn Tagen?", fragte Daniel.

Hiddink sagte nichts.

„Wir werden die Kripo in Schiphol informieren, dass man diese Flüge genauer unter die Lupe nimmt. Außer Sie verraten uns, was an dieser verfluchten mykonischen Rose so besonders ist. Und sagen Sie jetzt nicht; wegen der pinkfarbenen Blüten", sagte Angelos.

„Im Grunde stimmt das aber. Hauptsächlich aber wegen ihres Heiligenstatus. Das mag im Westen keine Rolle spielen, wohl aber im Islam und es gibt keinen größeren Kundenkreis als Muslime. Das könnte ein Milliardengeschäft werden, zudem sie auch in rauem Klima gedeiht!"

„In dem Mailverkehr mit Professor Krul haben Sie aber viel niedrigere Schätzungen abgegeben", sagte Angelos.

„Ist es verboten, einen guten Deal zu machen? Krul wollte zehn Prozent. Klar, dass ich die Basissumme, sagen wir, konservativ einschätze!"

„Ich bin zwar kein Experte, aber es handelt sich doch um ein einmaliges Geschäft. Jeder kann aus der Pflanze Samen gewinnen und sie selbst anbauen. Patente auf Pflanzen sind meines Wissens nicht zulässig", sagte Angelos.

„Richtig. Aber darum geht es nicht. Es geht um die geschützten Namen. Die sind sehr wohl als Namensmarke registrierbar. Die ‚heilige Rose', die ‚Rose von Mykonos' und so weiter. Ich glaube, nimmt man die siebzig wichtigsten Sprachen, dürfte ich über 1.000 Versionen mein Eigen nennen. Wo ist die Pflanze eigentlich jetzt?"

Angelos grinste.

„Die wird noch im Wagen liegen und der ist beim Schrotthändler!"

„SIND SIE WAHNSINNIG: ES IST VIEL ZU HEISS IN …"

Der Versuch aufzustehen endete bereits nach wenigen Sekunden.

„Keine Sorge. Es ist nicht die richtige Rose", sagte Angelos.

Es dauerte, bis Hiddink das Gesagte begriff.

„Sie haben mich zwei Mal reingelegt? Ich wäre dabei fast gestorben. Und dann meine zwei Mitarbeiter …"

„… wurden von Männern ermordet, die wir festgenommen haben!"

„Sie hören von meinen Anwälten", sagte Hiddink trotzig.

„Ich zittere schon bei dem Gedanken!"

„Und sagen Sie dem Buschdoktor, dass das Essen hier ungenießbar ist!"

Beim Hinausgehen klopfte Kommissar Nikakis an der Türe von Chefarzt Andre Silva.

„Patient Hiddink möchte auf 500 Kalorien gesetzt werden. Die Gelegenheit ist hervorragend zum Entschlacken. Und lass ja keine Lieferdienste rein!" André grinste nur.

24

Angelos und Daniel fuhren nach Hause. Aus dem Polizeirevier gab es nichts Neues. Den Herren in den Zellen hatte die Nacht zwar sichtlich zugesetzt, doch sie weigerten sich noch immer zu reden.

„Geben wir ihnen Zeit nachzudenken", sagte Angelos gerade, als das Handy brummte.

Es war Yossi.

„Schalom. Sag bloß, du warst erfolgreich bei der Suche nach der Identität unserer Gäste?", fragte Angelos.

Yossi zögerte.

„Ja, das war ich. Aber die Antwort wird dir nicht gefallen. Wann bist du zuhause?"

„In fünf Minuten", sagte Angelos.

„Und über die gesicherte Verbindung", meinte Yossi.

„Sag mal, wen haben wir denn eingebuchtet? Osamas Schwippschwager?"

„Schlimmer", lautete Yossis Antwort.

Kurz darauf saßen Angelos und Daniel in der Küche und warteten auf den Anruf des Leiters der Operationsabteilung des Mossad, Yossi Cohen. Vor einigen Jahren lernten sich Yossi und Angelos kennen. Anlass war ein russischer Überläufer, den die Israelis durchschleusen sollten, weil die Amerikaner den Griechen (zu Recht) nicht trauten. Yossi verlor einen Mitarbeiter, einer wurde schwer verletzt.

Und Angelos verlor seinen Ehemann. Gemeinsames Leid führte zu einer Freundschaft, die Angelos bei manchen Ermittlungen zupasskam. Aber auch Angelos war den Israelis behilflich.

„Bei den beiden Männern handelt es sich um Abdulaziz-Al Rawi und Akram Atif", sagte Yossi.

„Sagt mir nichts", entgegnete Angelos.

„Sie sind Angehörige des Geheimdienstes der Emirate, genauer des Emirats Fudscheirah!"

Stille.

Angelos sagte nur ein Wort: „Khaled?"

„Khaled", bestätigte Yossi.

„Seit wann interessiert sich Khaled für Pflanzen? Warum sollte er ein Mordkommando hierher-schicken?"

„Die Frage kann ich dir nicht beantworten. Aber ich muss dir noch etwas sagen!"

„Nur raus damit. Schlimmer kann es nicht werden. Ich habe gehofft, das Kapitel Khaled ist endgültig erledigt!"

Yossi holte hörbar Luft.

„Fast hätte es auch geklappt. Wir wollten ihn liquidieren. In Istanbul!"

„Warum?"

„Du weißt sehr wohl, dass Khaled in zwielichtige Geschäfte verwickelt war. Das meiste davon ist dir nicht bekannt. Jedenfalls war ein Kommando unterwegs, um ihn zu neutralisieren. Zwei Minuten vor dem Zugriff kam die Order aus Jerusalem, sofort alles abzubrechen!"

„Und warum?"

„Weil die Unterhändler sich wenige Minuten zuvor darüber geeignet hatten, dass Israel und die Emirate diplomatische Beziehungen aufnehmen. Ein Paukenschlag!"

„Und hätten die hinterher ein Glas Champagner oder auch nur Wasser getrunken, wäre Khaled jetzt tot", stellte Angelos fest.

„Khaleds Tod hätte alles gefährdet", sagte Yossi. „Es tut mir leid!"

„Von seinem Tod hätte ich nichts. Ich will nur nicht, dass er wieder in meinem Leben auftaucht", knurrte Angelos.

„Und genau das scheint jetzt zu passieren. Letzte Woche starb der Emir im Alter von 42 Jahren. Zumindest verdächtig …"

„…und Khaled würde neuer Emir werden. Klingt alles verdammt nach Khaled", sagte Angelos.

„Und was hat das alles mit dieser verdammten Rose zu tun?"

Yossi seufzte.

„Das kann dir nicht einmal der Mossad sagen!"

25

Und jetzt wäre der ideale Zeitpunkt, mir mehr über Khaled zu erzählen", sagte Daniel und lehnte sich demonstrativ in seinem Sessel zurück.

„Meine Beziehung mit Alex war am Ende. Dabei waren wir das ideale Paar, aber wir haben es nicht auf die Reihe bekommen. Alex´ krankhafte Eifersucht war ein Grund, dabei habe ich in der ganzen Zeit nicht einmal einen anderen Mann auch nur angeschaut. Tja – und dann hab ich Alex dabei erwischt, wie er fremdging. In flagranti. Ich sitze ab und zu auf unserem Dach, um nachzudenken!"

„Ich weiß. Deswegen der Stuhl auf dem Dach", sagte Daniel.

Angelos nickte.

„Und von dort aus habe ich gesehen, wie ein nackter Alex aus dem Gartenhäuschen des Nachbars schlüpfte!"

„Oh Gott", sagte Daniel.

„Eine Untertreibung, denn der Typ war überall behaart und schlicht hässlich. Ich kannte Khaled seit der Entführung seiner Schwester. Mir fiel niemand ein, an den … jedenfalls habe ich ihn gebeten zu kommen – und er war nach fünf Stunden da. Er war in Dubai!"

„Flugzeit Dubai Mykonos?"

„Vier Stunden 50. Er muss zum Flughafen gerast sein. Er hat mich aufgefangen!"

„Er war verliebt in dich und hat die Situation ausgenutzt", sagte Daniel.

„Das wäre nicht fair. Ich dachte, ich liebe ihn auch. Aber ich habe Liebe und Dankbarkeit verwechselt. Da ich nicht allein sein wollte und konnte …"

„Warst du prompt in der nächsten Beziehung", sagte Daniel.

„Ich war knapp dreißig und er war der vierte Mann, mit dem ich geschlafen habe. Also …"

„Das hast du jetzt in den falschen Hals bekommen, mein Sonnenschein", meinte Daniel.

„Anfangs lief alles gut. Dann zogen wir in diese absurde 9-Millionen-Villa oben am Berg. Er flog zum Haareschneiden nach Istanbul. Das war kein Leben für mich. Und dann passierte die Geschichte mit Gabriel!"

„Gabriel fing eine Kugel ab, die für dich bestimmt war!"

Angelos nickte.

„Als er querschnittsgelähmt aus der Klinik kam, habe ich mich entschlossen, Gabriel bei uns aufzunehmen!"

„Nicht zur Freude von Khaled", vermutete Daniel.

„Das wäre eine Untertreibung. Er hat nicht verstanden, dass ich mich um Gabriel kümmern musste. Das macht man für einen Freund. Ich habe Gabriel ein Auto gekauft, einen Job und eine Wohnung besorgt. Und schau ihn dir heute an. Ja, ich bin stolz darauf, aber Khaled hat es nicht verstanden und ich bekam immer mehr Zweifel an seinem Charakter!"

„Zu Recht. Du hast richtig gehandelt", sagte Daniel.

„Dann traf ich Yariv. Er hat herausgefunden, dass Khaled mich hintergangen hat. Es hatte mit seiner Erbschaft zu tun!"

„Yariv hat das natürlich ohne jeden Eigennutz getan", spöttelte Daniel.

„Das war harmlos gegen das Spinnennetz, das du gewebt hast", meinte Angelos.

„Beschwerden?"

Angelos grinste.

„Keine. Jedenfalls hat Khaled 85 Millionen Dollar von seinem Bruder bekommen. Erbschaft und für seinen Verzicht auf den Thron. Das Geld war zehn Minuten auf unserem gemeinsamen Konto und verschwand dann in der Karibik", sagte Angelos.

„Er hat dir nichts davon erzählt. Und das Geld an der Steuer vorbeigeschleust", vermutete Daniel. Angelos nickte.

„Mir ging es nicht um das Geld, ich hätte keinen Euro angenommen und …"

„Das ist mir doch klar, Sonnenschein!"

„Damit war die Sache beendet!"

„Und Khaled hat es wohl nicht so gut aufgenommen!"

„Das wäre die nächste Untertreibung. Er reagierte mit Hass. Hass auf mich, Hass auf Yariv, weil er es herausgefunden hatte. Zum Schein hat er uns auf seine Yacht eingeladen, ein absurd großes Schiff. Er wollte vorgeblich eine Art Versöhnung- und Abschiedsessen veranstalten!"

„Nun lass mich raten: es kam zu keiner Versöhnung", sagte Daniel.

„Eher nicht. Er wollte uns umbringen. Auf der Yacht war ein Sprengsatz angebracht, der aber nicht detonierte. Kurz zuvor hatte er die Yacht verlassen!"

„Er wollte sein eigenes Schiff versenken? Ich kenne das Ding. Es war 300 Millionen Euro wert!"

„Ich wusste immer, dass er wieder auftaucht", seufzte Angelos. „Die Vergangenheit holt einen immer wieder ein!"

„Wird er nicht neuer Emir?", fragte Daniel.

„Ja. Er hatte ursprünglich verzichtet. Ein schwuler Emir wäre natürlich undenkbar. Also wurden alle Spuren im Internet beseitigt und ich wurde als eine Art platonischer Freund dargestellt!"

Daniel lachte.

„Für einen platonischen Freund hast du 24 Zentimeter zu viel – und bist zu rollig!"

„Mir war das ganz recht. Sollen sie doch das Internet säubern – mir egal. Ich frage mich nur, warum er diese zwei Männer nach Mykonos geschickt hat. Wegen dieser blöden Rose? Geld hat er weiß Gott genug. Oder benutzt er das Ding nur, um wieder auf Mykonos aufzutauchen? Um mit mir abzurechnen, bevor er zum Emir ernannt wird?"

„Warum aber müssen drei Männer sterben, wenn es ihm um Rache geht?", fragte Angelos ratlos.

„Nun. Ich würde dir jetzt gerne zeigen, warum es besser ist, dass deine früheren Beziehungen vorbei sind", sagte Daniel und zog Angelos auf das Sunbed.

„Das weiß ich auch so, Süßer!"

„Aber dennoch nimmst du mein Angebot dankend an", sagte Daniel und kicherte.

Das Kichern, das Angelos so liebte.

„Und bevor wir anfangen, erinnere mich hinterher an ein Wort!"

„Und das wäre?"

„Legitimation."

„Hä?"

Daniel musste lachen.

„Immer wieder schön. Sobald du eine Erektion hast, sackt das ganze Blut aus dem Gehirn in den Unterleib. Wann ist nochmal dein Geburtstag?"
„Keine Ahnung!"
„Und wehe du sagst beim Sex Khaleds Namen", sagte Daniel.
„W-wie kommst du darauf?"
„Das war ein Scherz. Kein besonders guter, sorry", meinte Daniel.
„Keiner meiner Männer kommt an dich heran. Alex war fast perfekt. Du bist es", sagte Angelos.
„Wow. Das ist mal ein Kompliment. Ich bin echt gerührt!"
„Jetzt wäre Gelegenheit für eine Erwiderung", sagte Angelos.
„Schau mir einfach in die Augen, Sonnenschein!"

26

Als Daniel am nächsten Morgen in die Küche kam, musste er herzhaft lachen. Kommissar und Ehemann Angelos Nikakis stand vor der Espresso-Maschine und sang.
Stephanie Mills: „Never knew love like this before".
„Solltest du einmal Depressionen bekommen, weiß ich, wie man dich heilt", sagte Daniel.

„Und ich war auch schon produktiv", meinte Angelos.

Daniel schaute auf sein Handy.

10 Uhr 20. Er konnte sich nicht erinnern, wann Angelos jemals freiwillig so früh aufgestanden war.

„Lese das", sagte Angelos.

Die Polizei Mykonos gibt bekannt, dass sich im Verlauf der letzten vier Tage drei Morde, eine Entführung und eine schwere Körperverletzung ereignet haben.

Die Fälle konnten allesamt gelöst werden, die Täter wurden festgenommen.

Alle Taten hingen sachlich zusammen. Aus Gründen der nationalen Sicherheit kann auf das Motiv nicht näher eingegangen werden.

Für die Bevölkerung besteht keinerlei Gefahr mehr.

Bei den Tätern handelt es sich um zwei Staatsbürger der Emirate, genauer: deren Sicherheitsbehörden. Die beiden Täter arbeiten laut Geständnis für den Geheimdienst des Emirats Fudscheirah.

Die Beschuldigten wurden zwischenzeitlich an einen geheimen Ort verlegt.

Es ist davon auszugehen, dass wegen der Verletzung der griechischen Souveränität der Botschafter der Emirate einbestellt wird.

Die Täter haben keinerlei Diplomatenstatus und müssen daher mit einer lebenslangen Freiheitsstrafe rechnen.

„Ich hätte ein paar Fragen", meinte Daniel schmunzelnd.

„Nur zu!"

„Die beiden haben gestanden?"

„Nö!"

Die beiden wurden verlegt?"

„Nö!"

„Weiß der Premierminister schon, dass er den Botschafter einbestellt hat?"

„Nö!"

Daniel lachte laut.

„Du fachst das Feuer absichtlich an, weil du weißt, dass Khaled als Choleriker zu unüberlegten Handlungen neigt. Allerdings lässt du die Rose außen vor, damit Khaled glaubt, wir hätten den Zusammenhang noch nicht erkannt – was immer der auch ist. So ist garantiert, dass er weitermacht. Und höchstwahrscheinlich auf Mykonos erscheinen wird!"

„Wie wohltuend, wenn man einen Ehemann mit scharfem Verstand hat", sagte Angelos und umarmte Daniel von hinten.

„Mir wäre wohler, wenn wir den Zusammenhang kennen würden!"

„Dafür wird Khaled selbst sorgen!"

27

Zeitgleich hetzte Kronrat Ali Makbout über die Marmorböden des Palastes in Fudscheirah. Seit einer Stunde erreichten ihn Nachrichten, deren Tragweite er noch nicht begreifen konnte. Und jetzt auch noch das.

Ali Makbout musste beim zukünftigen Emir antreten. Aber was sollte er sagen? Er hatte nur Fragmente und keine Zeit, sich richtig ins Bild zu setzen.

Kurz vermutete er, dass genau dies der Grund für das Herbeizitieren war.

Er blieb stehen und holte Luft.

Khaled würde fünf Minuten warten müssen.

Er ging auf den Balkon hinaus und blickte auf den Vorplatz.

Unser Emirat wäre ein Paradies, wenn es nicht diese vermaledeite königliche Familie gäbe, die wahrscheinlich zu den peinlichsten der Welt gehört.

An die Macht gekommen, weil der britische Statthalter in den Fünfzigern eine Marionette für das östliche Emirat brauchte. Hinterlistig – oder gescheit – wie die Briten nun einmal waren, nahm man einen Onkel des Emirs von Dubai, Letzterer wollte den peinlichen Verwandten unbedingt aus seinem Land haben. Ferner besaß der neue Emir von Fudscheirah eine hochwillkommene Eigenschaft: er war dumm wie Brot.

Und so regierten die Briten ungestört bis 1971, während der Kronrat versuchte, die schlimmsten Patzer des eigenen Emirs auszumerzen.

Dazu gehörte der zwanghafte Drang des Emirs, sein Geschlechtsteil in alles zu rammen, was nicht bei drei auf dem Baum war.

Irgendwann verlor der Kronrat die Übersicht, wie viele uneheliche Kinder der Emir fabriziert hatte. Glücklicherweise hatte er einen legitimen Sohn, Raschid, der es aber vorzog, sich früh ins Paradies zu verabschieden. Es gab einen zweiten Sohn, Khaled, der aber auf den Thron verzichtete – leider nur temporär. Also wählte man einen der unehelichen Bastarde, fälschte ein paar Dokumente und schwupps hatte man einen legitimen Nachfolger. Dann setzte man ihn auf den Thron, mit der Maßgabe: „Deine wichtigste Aufgabe ist, nicht vom Thron zu fallen!"

Dieser pflegeleichte Emir hatte sich nun vor zwei Wochen in die ewigen Jagdgründe verabschiedet, die Umstände waren gelinde gesagt dubios. Und urplötzlich meldete Khaled wieder seine Ansprüche an.

Ali Makbout hatte alle Fäden gezogen und alle Kanäle benutzt, um Khaled als Emir zu verhindern, aber er war das letzte Mitglied der vermaledeiten Familie und somit nicht zu verhindern.

Und wie mit jedem Mitglied dieser Brut, an der nichts königlich war und die von einem Kamelhändler abstammte, stimmte auch mit Khaled einiges nicht.

Das Schlimmste: er war eindeutig schwul.

Persönlich hatte Makbout nichts gegen Homo-sexuelle, Er war für Fortschritt und eine Annäherung an den Westen. Er bezweifelte aber, dass die örtlichen Imame begeistert sein und an den Moscheen Regenbogen-Fahnen aufhängen würden.

Aber das Land war wichtiger als der Mann und so musste alles getan werden, um die Neigung des neuen Emirs zu verschleiern.

Vor allem ging ihm dessen selbstgefälliges Gesicht auf den Wecker.

„Ah, Makbout. Nun, ich höre aus Dubai, auch der zweite Anlauf ist irgendwie missglückt!"

„Äh, Exzellenz, ich bin überrascht, dass die Nach-richt so schnell die Runde macht! Noch fehlt mir der komplette Überblick."

„Gewöhnen Sie sich daran, dass der neue Emir immer auf der Höhe der Zeit ist. Nun?"

„Wie gesagt. Noch ist alles sehr vage. Aber der Versuch, an diese Pflanze zu geraten, ist tat-sächlich gescheitert. Dabei sollen zwei Menschen getötet worden sein, mutmaßlich von unseren Agenten. Ich bin ziemlich erschüttert, denn die Anweisung lautete klar, ‚nur unter Androhung von Gewalt' und nicht ‚unter Anwendung von Gewalt'. Die beiden wurden festgenommen und mittlerweile an einen anderen Ort verlegt! Über den Verbleib der Pflanze ist nichts bekannt. Auch in der Pressemeldung stand nichts!"

Khaled lachte.

„Makbout, Sie sind schon so lange im Geschäft. Sie sollten eine Finte erkennen. Wie gesagt, mein Ex ist mit allen Wassern gewaschen. Natürlich befinden unsere Männer sich noch immer auf Mykonos!"

„Aber in der …"

„Die Pressemeldung ist ein Stöckchen, das Nikakis uns hinwirft. Damit will er verhindern, dass wir versuchen die beiden zu befreien. Das zweite Stöckchen ist die Einbestellung des Botschafters!"

„Das hätte Nikakis nicht geschrieben, ohne es mit der Regierung abzusprechen", sagte Makbout. Wieder lachte Khaled.

„Die Meldung ging um 10 Uhr 30 raus. Die Botschaft wurde erst um 12 Uhr 30 verständigt. Mein Ex hat den Premier schlicht in Zugzwang gebracht!"

„Ich glaube, dann habe ich Herrn Nikakis doch unterschätzt!"

„Hoffentlich zum letzten Mal. Die zwei Männer kümmern mich einen Dreck. Sie hatten die Anweisung, die Pflanze zu besorgen – unter allen Umständen und sie haben versagt. Ich dulde keine Versager, merken Sie sich das!"

„Damit wird die Angelegenheit wohl erledigt sein. Die Rose sollte eine der Attraktionen unseres neuen Museums werden. Aber sie ist nicht die einzige. Konzentrieren wir uns auf die anderen!"

„Kommt überhaupt nicht infrage", antwortete Khaled. „Ich werfe nie die Flinte ins Korn, bevor nicht alles versucht wurde!"

„A-aber noch einen Eklat können wir uns nicht leisten. Denken Sie an Ihre Zeremonie kommende Woche", sagte Makbout, wohl wissend, was als nächstes kommen würde.

„Genau das tue ich. Solange ich noch nicht offiziell eingeführt bin, kann ich noch quasi inkognito etwas für unser Land tun. Ich werde selbst nach Mykonos fahren. Die Insel der Reichen und Schönen. Beide Kriterien erfülle ich wohl ohne Schwierigkeiten, nicht wahr, Makbout?"
„Ohne Zweifel, Exzellenz!"
„Ach übrigens. Wir führen das alte Hofprotokoll wieder ein. Nach der Besprechung entfernt sich der Bittsteller rückwärts, ohne sich vom Herrscher abzuwenden. Ich gebe Ihnen nun Gelegenheit, das zu üben!"

28

Auf Mykonos war die Stellung der beiden Telefonpartner nicht so leicht zu klären. Kommissar und Bürgermeister Angelos Nikakis stritt sich mit Premierminister Antonis Migiakis.
Jedoch lautete die Anrede nicht „Exzellenz", sondern „Vollpfosten".
„Ich versuche drei Morde zu klären und das geht nicht ohne gewisse Tricks", sagte Angelos eher belustigt.

„Ich würde schon gerne vorher wissen, wen ich einbestelle und warum. Wenn es denn dem Herrn Bürgermeister genehm wäre", knurrte Migiakis.

„Ich versuche, daran zu denken. Aber versprechen kann ich nichts!"

„Und dann höre ich Gerüchte, es ging um eine Rose?", fragte Migiakis.

„Deine Spitzel auf der Insel haben recht, ja!"

„Und was ist an der so besonders?"

„Du bist Jurist. Das würdest du nicht verstehen. Außerdem haben wir sie bis jetzt nicht einmal gefunden!"

„Drei Tote wegen einer Pflanze, die womöglich nicht existiert?"

„Wir bearbeiten die Mordfälle und suchen gleichzeitig. Nennt man Multitasking. Solltest du mal versuchen", meinte Angelos. „Außerdem haben wir Unterstützung durch eine Professorin von der Universität Haifa!"

„Unterstehe dich, diese Pflanze nach Israel schaffen zu lassen. Diese Rose ist griechisch", stellte Migiakis fest.

„Die Rose, von der wir – nebenbei bemerkt - noch kein Exemplar gefunden haben, ist also per se griechisch. Interessant. Nun, das Gewächs heißt ‚Rose von Mykonos'. Wohin gehört sie dann wohl?"

„Gehört Mykonos nicht mehr zu Griechenland?", fragte Migiakis, kannte aber die Antwort schon.

„Ginge es nach uns: nein. Athen ist eine Ansammlung von Raubrittern, die die Inseln auspressen.

Mykonos ist größer und reicher als Monaco, also könnten…"

„Mit dir als Alleinherrscher, schon klar. Warum wollen die Emiratis das Ding?"

„Das würde ich herausfinden, wenn du mir nicht meine Zeit stehlen würdest", sagte Angelos.

„Kann ich mich wenigstens darauf verlassen, dass du heute keinen diplomatischen Eklat mehr produzierst?", fragte Migiakis.

„Ich bemühe mich. Und falls wir die Rose finden, sage ich dir natürlich Bescheid. Bist schließlich mein Lieblings-Premier", sagte Angelos.

29

Am Abend kam Rachel Weizmann und sah aus, als hätte sie die Rallye Paris – Dakar zu Fuß absolviert. Obwohl ihre Haut als Israeli an Sonne gewöhnt sein müsste, hatte sie Verbrennungen dritten Grades.

„Grundgütiger. Ich habe Sie doch gewarnt, dass man bei Wind die Sonne nicht spürt", sagte Angelos. „Daniel, wir brauchen einen Eimer Quark!"

„Also eine gute Nachricht habe ich", sagte Rachel. „Professor Krul war auf der richtigen Spur. Denn ich habe zwar keine Mykonos-Rose entdeckt, aber die gewöhnliche Wüstenrose. Nicht auf dem ursprünglichen Hügel, sondern einen weiter hinten. Das bedeutet viel, nämlich, dass die klimatischen Bedingungen stimmen. Eigentlich erstaunlich, denn die Winter sind hier ja ziemlich regenreich", sagte Rachel.

„Waren", korrigierte Angelos. „Sie haben den Stausee ja gesehen. Er ist eher ein Stautümpel!"

„Ich bin ja nicht in Eile und es gibt noch genügend Hügel. Krul galt als der Botaniker schlechthin. Und kein seriöser Wissenschaftler würde auf vage Hinweise mit einer solchen Euphorie reagieren wie er. Ich bin überzeugt, ich finde sie. Und da die Mörder in Gewahrsam sind, ist es auch nicht mehr gefährlich!"

Da wiederum war sich Angelos nicht sicher.

„Rachel, wir wissen nur, dass wir zwei Männer in Zellen sitzen haben. Wir wissen nicht, ob da draußen nicht noch mehr sind. Und wir kennen den Grund nicht, warum man Menschen tötet – um einer botanischen Sensation wegen. Das Motiv Geld ist nicht das Entscheidende, sagt mein Bauch. Und so lange, bleibt es gefährlich, aber ich kann Ihnen keine Aufpasser mitschicken!"

Rachel lachte.

„Da soll nur einer kommen", meinte sie.

„Krav Maga, ich weiß. Ich fühle mich geehrt: zwei Großmeister in meinem Haus!"

„Haben die beiden Mörder immer noch nicht gestanden?", fragte Rachel.

„Nein. Aber sie sehen deutlich derangierter aus als noch gestern. Und heute wird das

Unterhaltungsprogramm umgestellt: von
Motorhead auf Rammstein. Ich bin sehr
zuversichtlich", sagte Angelos und grinste.

30

A li Makbout stand am Fenster seines Büros im
Alten Palast. Er liebte das alte Gemäuer,
denn es stand für ihn für die gute, alte Zeit.
In Gedanken rekapitulierte er das Gespräch mit
dem Kretin, der in Kürze der neue Emir sein würde.
Irgendetwas war da, was nicht …
Sie hatten die Anweisung, die Pflanze zu besorgen,
unter allen Umständen.
Nein, dachte Makbout. Von mir hatten sie diese
Anweisung nicht. Das Maximum war Gewaltan-
drohung.
Langsam begriff Makbout, was die Aussage
Khaleds bedeutete.
Khaled hatte mit den beiden Männern, mit
Abdulaziz und Akram, gesprochen.
Und das war erschreckend, denn niemand außer
mir, wusste, wie ihr Auftrag lautete.
Die Idee, die Pflanze zu besorgen, war allein
meine.

Ich habe mit niemandem darüber gesprochen. Die beiden Männer wurden von mir ausgewählt und gebrieft.

Als ihm klar wurde, wie Khaled von dem Vorhaben erfahren hatte, stellten sich ihm die zahlreichen Nackenhaare.

Er griff zum Hörer.

„Hassan? In zehn Minuten am üblichen Ort?"

Sein Gesprächspartner sagte zu und so machte sich Ali auf den Weg.

Der übliche Ort war die Wäschekammer im Untergeschoss.

Als er die Türe öffnete, lief er gegen eine Wand aus Hitze und Feuchtigkeit. Er setzte sich auf einen Stapel Handtücher und wartete auf Hassan.

Hassan Hatem war der Vize-Direktor des Geheimdienstes und gehörte zu Makbouts Netzwerk, dessen Fäden in alle Bereiche der Verwaltung und des Militärs reichten. Es waren nicht die Chefs, sondern fast überall die jeweiligen Stellvertreter, die den Ehrgeiz besaßen, bald den Platz ihrer Chefs einzunehmen.

Hassan Hatem war der Prototyp des neuen Emirati. Schlank, durchtrainiert, Maßanzug aus der Savile Row.

„Hallo, Ali. Na, hat dir der neue Beherrscher der Gläubigen wieder zugesetzt?"

„Der Mann ist absolut ungeeignet, aber das wissen wir beide. Ich habe eine Bitte an dich: könntest du dezent und außerhalb des Dienstes jemand schicken, der meine Räume und Telefone überprüft, ob ich abgehört werde?"

„Kann ich. Fliegt der Idiot jetzt selbst nach Mykonos?"

Makbout nickte.

„Ist doch hervorragend. Er wird es schaffen, sich eine Woche vor der Amtsübernahme selbst vom Thron zu schießen!"

„Und dann? Er ist der letzte der Familie. Und weil er schwul ist, gibt es sicher keine Bastarde!"

Hassan Hatem zögerte.

„Auch dafür gäbe es eine Lösung!"

Ali zog die Augenbraue hoch.

„Ich hatte einige Gespräche mit Ras-al Fusani. Man könnte – nur eine vage Überlegung – unsere beiden Emirate zusammenlegen. Es entstünde das zweitgrößte Emirat, größer als Dubai. Neuer Emir würde der von Ras-al, Hauptstadt hingegen würde Fudscheirah, Vorsitzender des Kronrats würdest du!"

„Und du Chef des neuen Geheimdienstes. Dir ist aber schon klar, dass …"

„…das Hochverrat ist? Ich versuche, mein Land vor dem schlimmsten Alptraum zu bewahren und der heißt Khaled", sagte Hassan Hatem.

„Ich verstehe eines nicht: ich habe ihm vorgeschlagen, die Sache mit der Rose zu beenden, aber er will nicht. Warum? Nur, weil er einen Vorwand braucht, um mit seinem Ex aufzuräumen?"

„Nein, Ali. Was du nicht weißt: Khaled hatte vor zwei Wochen ein Treffen mit unseren Schmalspur-Ayatollahs!"

„WAS? Die waren doch vehement gegen seine Ernennung! Die wissen doch genau, was er auf Mykonos getrieben hat!"

„Heuchler. Imam Iziz treibt es selbst mit Männern, oder eher kleinen Jungs. Das Treffen fand in einem Nebenraum der Moschee statt.

Was genau besprochen wurde, weiß ich noch nicht. Es gibt eine Aufnahme, aber auf altmodische Art und Weise und die Kassette ist noch händisch unterwegs. Das schien mir sicherer als eine E-Mail mit Audio-Datei!"

„Du wirst es weit bringen", sagte Ali Makbout.

„Sobald ich die Aufnahme habe, treffen wir uns wieder hier!"

Ali nickte.

„Wir haben noch eine weitere Option: wir könnten Nikakis vorwarnen. Vielleicht erledigt er unseren Job!"

Doch Ali Makbout schüttelte den Kopf.

„Nein. Nikakis bleibt unser As im Ärmel!"

31

31

Tower Mykonos an Royal Eagle 552. Sie haben die vorgeschriebene Route verlassen. Kurskorrektur auf 2-4-0", sagte der Fluglotse im Tower.

„Haben Probleme mit der Steuerung", tönte die Stimme aus dem Off.

„Verarschen Sie mich nicht. Sie fliegen eine Runde über die Südstrände und das ist untersagt. Landebahn 2C frei zur Landung!"

„Was war das für eine Kennung?", fragte Giorgios Konguli, sein Kollege.

„Royal Eagle. Irgendwas aus dem Nahen Osten!" Der Learjet mit der goldenen Lackierung landete und rollte zu seiner Parkposition direkt unterhalb des Towers.

Konguli griff nach seinem Fernglas.

„Mist", sagte er und zückte sein Handy.

„Angelos? Giorgios vom Flughafen. Du wirst es kaum glauben: gerade ist dein Ex gelandet!" Angelos Nikakis seufzte.

Es ist eine Sache, etwas zu erwarten.

Es ist eine andere Sache, wenn das Befürchtete tatsächlich eintrifft.

„Danke dir. Alleine?"

„Nein. Mit zwei Flugbegleitern, aber die sind nicht echt!"

„Wie kommst du denn darauf?"

„Beide haben keinen Hals und die Hemden sind viel zu eng. Sieht mir eher nach Schlägern aus!"

Khaled war wieder da. Und das bedeutete nichts Gutes. Schlimmer: es war die Garantie dafür, dass es Ärger geben würde. Ich muss wissen, wo er hinfährt, dachte Angelos und wollte gerade Maria anrufen, als es an der Türe läutete.

Dann hörte er Daniels Stimme:

„Sonnenschein? Hier ist irgendein Großmufti für dich!"

Angelos lief zur Türe. Da stand er.

In einem sündhaft teuren Anzug.

„Ich würde ja sagen, schön, dich wiederzusehen, aber das trifft es nicht wirklich!"

„Darf ich trotzdem herein? Ich will ja nur mit dir sprechen. Der Kleine ist ja süß. Wie alt ist der? Sechzehn?", fragte Khaled.

„Er ist dreißig! Und das Beste, was mir je passiert ist", antwortete Angelos und deutete auf die Stühle auf der Terrasse.

„Und das ist jetzt endgültig der Richtige?", stichelte Khaled.

„Ja. Daniel, komm, setz dich her. Wir sind dabei, in Kalo Livadi ein Haus zu kaufen! Zum Thema: was willst du?"

„Das weißt du doch. Ich bin hier, um die Rose von Mykonos wieder dorthin zu bringen, wo sie hingehört! In den Nahen Osten, von wo sie geraubt wurde!"

„Ich würde sagen, der Name der Pflanze enthält einen gewissen geographischen Hinweis, wo die Rose hingehört", sagte Daniel und grinste.

„Wie reich ist er eigentlich?", fragte er.

„Weiß nicht. Er hat mindestens 85 Millionen Dollar. Das ist die Erbschaft, die er vor mir verheimlicht hat", antwortete Angelos.

Daniel kramte in seinen Hosentaschen und zog zwei verknitterte 20-Euro-Scheine hervor.

„Ich besitze 40 Euro und du 85 Millionen", sagte Daniel zu Khaled.

„Dennoch bin ich der Glücklichere, denn: ich darf ihn ficken!" Sprach´s und verschwand.

Khaleds Kopf platzte fast, während Angelos darum kämpfte, nicht loslachen zu müssen.

„Die Rose ist eine arabische Pflanze und muss nach Hause gebracht werden", sagte Khaled.

„Auch die Kichererbse ist eine arabische Pflanze. Demnach forderst du als Nächstes bestimmt, dass Europa alle Dosen mit Kichererbsen zurückschickt. Falls nicht, kommt es wohl zum Kichererbsen-Krieg", sagte Angelos amüsiert.

Aus der Küche hörte man einen lauten Lacher.

„Ich wollte freundlich sein und mich mit dir einigen, dass wir diese Angelegenheit ohne weiteres Aufsehen klären", sagte Khaled.

„Mit dem ‚weiteren Aufsehen' meinst du wohl die drei Menschen, die bereits ermordet wurden. Von deinen Leuten!"

„Damit habe ich nichts zu tun", stellte Khaled fest.

„Natürlich. Es ist reiner Zufall, dass die beiden Zelleninsassen dem Geheimdienst deines Landes angehören!"

„Ganz recht. Ich jedenfalls habe damit nichts zu tun! Gut, ich sehe schon: mein Versuch einer vernünftigen Lösung wird nicht honoriert. Aber wundere dich nicht, wenn es ungemütlich wird!"

„Willst du mir nicht endlich sagen, warum du plötzlich zum Pflanzenfreund mutiert bist? Du kannst bis heute eine Petunie nicht von einer Geranie unterscheiden. Was steckt wirklich dahinter?", fragte Angelos.

„Ich wiederhole: es geht darum, arabisches Kulturgut nach Hause zu bringen!"

„Und das wird nicht passieren. Solltest du es versuchen, stecke ich dich zu deinen beiden Kollegen in die Zelle", sagte Angelos.

Wortlos stand Khaled auf und ging.

Daniel stand in der Küche und schüttelte den Kopf. „Mein Gott, Sonnenschein. Was hast du dir dabei nur gedacht? Die Zeit mit ihm war sicher ein lang andauernder intellektueller Tiefflug. Heißt: er muss gut im Bett gewesen sein!"

„Nicht mal das. Ich war total verwirrt und brauchte einfach jemand. Rückblickend hätte ich Alex den Seitensprung verzeihen und mit ihm neu anfangen sollen!"

„Dann wäre ich nicht hier!"

Angelos grinste.

„Das wäre ja nun wirklich schade. Und da ich mir sicher bin: ja, wir kaufen das Haus!"

Daniel strahlte.

„Allerdings beschränkt sich mein Anteil …"

„… auf vierzig Euro, ich weiß. Aber lass uns erst Khaled loswerden!"

„Angelos, der Mann ist dumm, cholerisch und deswegen brandgefährlich. Unterschätze ihn nicht!"

„Wer wüsste das nicht besser als ich?"

„Und noch eines: hinter dieser Pflanze steckt irgendetwas Großes. Hier geht es nicht um Geld oder simple Macht. Denk größer!"

„Hm. Sag mal, war der allein hier?", fragte Angelos.

„Ja. Mit einem Hummer natürlich. Ohne Gorillas!"

„Mist. Wir hätten die Gelegenheit nutzen sollen, einen Sender anzubringen!"

Daniel drehte das Notebook auf dem Tisch in Richtung Angelos.

Zu sehen war eine Karte von Mykonos – und ein rot blinkender Punkt.

32

Für die Zusage, das Haus in Kalo Livadi zu kaufen, erhielt Kommissar Angelos Nikakis eine angemessene Belohnung.

Und so kam es, dass beide gerade mal eine halbe Stunde geschlafen hatten, als Angelos´ Handy klingelte. Und das tat es nur bei Notrufen der dringlichen Art.

Auch die für Maria typische Begrüßung „Hallo Schöner!" entfiel.

„ANGELOS! DIE POLIZEISTATION! SIE BRENNT! FEUERWEHR IST SCHON DA: KOMM SCHNELL!"

Fünf Minuten später standen Angelos und Daniel am Kreisverkehr im Stau.

„Was wollen diese Idioten nachts um drei hier? Flieger geht wohl keiner", knurrte Angelos.

„Gaffen, Sonnenschein. Und ein Foto für Instagram", antwortete Daniel.

„Fahr übers Bankett!"

Daniel lachte.

„Als ob es in Griechenland Bankette gäbe!"

Dennoch schaffte er es, bis zur Brandstelle vorzudringen.

Die Flammen schlugen zehn Meter hoch und der dichte Qualm zog in Richtung Flughafen.

Die Feuerwehr tat ihr Möglichstes, aber Angelos erkannte schnell: das Gebäude war nicht zu retten.

Maria kam auf ihn zugerannt.

„Die Kollegen kamen alle noch rechtzeitig raus. Ein paar haben Rauchvergiftungen. Es muss unheimlich schnell gegangen sein. Nikos, komm her!"

„Hallo, Chef. Ja. Ich kann nicht viel sagen. In einem Moment war noch alles in Ordnung. Dann gab es einen lauten Knall. Ich ging um den Tresen herum und sah, wie ein Feuerball auf mich zuraste. Wir sind alle nach vorne gerannt und raus!"

„Was ist mit den beiden Zelleninsassen?", fragte Angelos.

Wortlos blickte Nikos in Richtung des Feuers.

„Es war schlicht keine Zeit. Wir hätten …"

„Schon gut, Nikos. Niemand erwartet, dass ihr euer Leben aufs Spiel setzt. Fahr ins Krankenhaus!"

Angelos, Daniel und Maria starrten auf das lodernde Feuer.

„Sie lassen ihre eigenen Leute verbrennen?", fragte Maria ungläubig.

„Araber", entgegnete Daniel. „Sorry, aber bei denen zählt ein Leben nicht gerade viel!"

„Zumindest gilt das für den zukünftigen Emir", sagte Angelos und zog sein Handy aus der Tasche.

„Giorgios, alles in Ordnung im Flughafen?"

„Ja. Gott sei Dank ist es nicht tagsüber passiert. Sonst hätten wir ein Riesenchaos!"

„Giorgios, du arbeitest doch seit Ewigkeiten im Flughafen und hast als Kofferverlader angefangen?"

„Ja, Angelos. Das war 1985!"

„Dann kannst du diese Karren doch noch fahren, oder?"

„Klar. So schwierig ist es nicht!"

„Wunderbar. Dann schnapp dir eines der Fahrzeuge und fahre damit gegen das Bugrad von diesem verfluchten ‚Royal Eagle'!"

Giorgios lachte.

„Bin ich versichert?"

„Durch die beste Versicherung der Welt: mich. Das Flugzeug darf nicht abheben!"

„Wo ist er?", fragte Angelos in Richtung Daniel, der sein Notebook in den Händen hielt.

„Seit drei Stunden in Paraga. Das hier waren seine Gorillas!"

„Sollten wir ihn nicht trotzdem besuchen?", schlug Daniel vor.

„Bringt nichts. Seine zwei Gorillas verstecken sich irgendwo und Khaled würde uns nur dreckig ins Gesicht lachen!"

33

Kommissar Angelos Nikakis benötigte einen vierten Espresso. Erst danach war er in der Lage, die Frage „was ist zwei plus zwei" richtig zu beantworten: „irgendwas zwischen drei und fünf".

„Wir müssen Rachel anrufen. Sie darf nicht mehr alleine suchen. Fünf Tote sind erstmal genug!"

„Habe ich schon erledigt", sagte Daniel. „Sie kommt gleich vorbei!"

„Du schläfst weniger als ich und denkst trotzdem schneller. Langsam wirst du mir unheimlich", knurrte Angelos.

„Ein ew´ges Rätsel", antwortete Daniel und küsste Angelos auf den Kopf.

Kurz darauf traf Rachel ein. Diesmal trug sie keine Kombination aus Wanderer- und Archäologenkluft, sondern ein dünnes Sommerkleidchen.

„Unser Kommissar sieht aber sehr zerknautscht aus. Sollte man nicht einen fünften Espresso nach-schütten? Ich hätte nämlich eine Idee", sagte Rachel.

„Zur Not denke ich für Angelos mit", meinte Daniel.

„Na dann. Bisher beruht alles, was wir wissen, auf den Angaben von Professor Krul!"

„Eher seiner Frau. Die übrigens darum gebeten hat, ihren Mann, Zitat, noch zwei Tage länger auf Eis zu lassen, Zitat Ende. Sie möchte noch etwas am Strand trauern", sagte Angelos. „Aber bitte weiter!"

„Alles bezieht sich auf den Diavortrag von Professor Kruls Kollegen. Mit dem fing alles an. Es war dieser Kollege, der bei der Frage Kruls, wo der Hügel denn sei, mit ‚Panormos' geantwortet hat. Aber der Mann war das erste Mal auf Mykonos. Ich meine, er könnte sich im Hügel oder im Namen geirrt haben. Ich bin sicher, dass Krul die Pflanze tatsächlich gesehen hat. Aber in Panormos gibt es keine Anastatica mykonica. Ergo: es könnte oder müsste sich um einen anderen Hügel handeln. Ich bin gestern etwas herumgefahren. Dafür, dass die Insel nur zwanzig Kilometer lang ist, gibt es verdammt viele Hügel, die meisten schauen ziemlich gleich aus. Die alle abzusuchen, dauert Wochen, wenn man es gründlich macht!"

„Kommt jetzt die Idee?", fragte Angelos.

Rachel lachte.

„Ja. Aber ich muss ein bisschen ausholen!"

„Oh bitte, nicht ausholen vor Mittag!"

„Muss sein. Hör zu: es wird jetzt archäologisch. Du wirst es nicht wissen, aber Israel kann auf dem Tempelberg keine Ausgrabungen vornehmen, denn der Hügel steht unter palästinensischer Verwaltung und die verhindern alles, was bestätigen könnte, dass der Tempel tatsächlich dort stand!"

„Ich dachte, das sei längst geklärt", sagte Angelos.

„Jein. Die Klagemauer allein ist kein finaler Beweis für die Existenz des Tempels!"

„Entschuldigung, aber was hat ein Tempel in Jerusalem mit unserer Rose zu tun?"

„Nur Geduld. Weil wir nicht graben können, nutzen wir neueste Militärtechnik. Mit der kann man Gebäudereste, aber auch Bunker in bis zu zwanzig Meter Tiefe ausmachen. Vor zwei Monaten ist diese Technik das erste Mal von Archäologen getestet worden, streng geheim", sagte Rachel.

„Aha. So geheim kann es nicht gewesen sein, wenn du davon weißt!"

„Meine Uni war daran beteiligt. Es ging um den Hügel von Massada. Sagt dir das was?"

„Letzte jüdische Bastion", knurrte Angelos.

„Sehr gut. Wir entdeckten, dass es noch eine zweite Festung auf einem Nachbarhügel gab. Niemand wusste davon. Es ist auch nichts zu sehen. Alles liegt fünf Meter unter der Erde! Damit müsste die Geschichte zumindest teilweise neu geschrieben werden", meinte Rachel merklich aufgeregt.

„Was soll uns das bringen, das Flugzeug mit deiner neuen Technik über Mykonos fliegen zu lassen? Wir suchen eine Pflanze und keine prähistorischen Siedlungen!"

„Angelos, es gibt zwei Wege, die uns zu der Pflanze führen. Professor Krul oder …"

„…die Venezianer", ergänzte Daniel. „Sie waren die letzten, die sie gesehen und beschrieben haben!"

„Ich werde nicht nach Venedig fahren", sagte Angelos kategorisch, „und tagelang in feuchten Kellern nach Hinweisen suchen. Außerdem vergesst ihr eines: die venezianische Festung liegt offen. Sie heißt Gizi, liegt bei Ano Mera – und hilft uns überhaupt nicht. Das ist nur ein Steinhaufen!"

„Das, was du siehst, ist nie das, wonach du suchst", sagte Rachel.

„Konfuzius?"

Rachel lachte.

„Nein. Mein Archäologie-Professor. Ich habe vier Semester studiert und bin dann gewechselt. Ich bin mir sicher, dass der Untergrund vor uns einige Überraschungen verbirgt!"

„Alles schön und gut. Du findest also fünf Meter tief eine venezianische Siedlung an anderer Stelle. Wie soll uns das zu der Pflanze führen? In fünf Meter Tiefe blüht nichts und wächst nur wenig. Vielleicht muss man noch tiefer runter. Da fehlt es uns schlicht auch an der nötigen Technik. Vom Aufsehen ganz zu schweigen!"

„Angelos, es geht nur um eines: vielleicht verraten uns die Aufnahmen, wo die venezianische Basis tatsächlich lag oder ob es eine zweite gab. Mykonos war die östlichste Besitzung Venedigs. Dieser Haufen in Gizi kann nicht alles sein. Gibt es eine zweite, könnte in deren Nähe die Pflanze zu finden sein!"

„Und wie soll ich dieses geheime Flugzeug nach Mykonos bringen?", fragte Angelos.

„Es gehört dem Mossad. Das sollte eine deiner leichtesten Übungen sein!"

Angelos dachte nach.

„Finden wir Hinweise auf archäologisch interessante Flächen …"

„… könntest du über die Flächen vorsorglich ein Bauverbot verhängen", ergänzte Daniel. „Und das über Jahre!"

„Du machst mir zunehmend Angst!"

34

F rauen", knurrte Angelos zwei Stunden später. „Bei dem Flugzeug handelt es sich um einen Kampfjet mit neuester geheimer Technik!"

„Ah. Du meinst die F 22 Raptor", sagte Daniel.

„Äh ja. Dann ist es wohl doch nicht so geheim!", meinte Angelos grinsend.

„Wir sind ein kleines Land mit geschwätziger Bevölkerung. Kriegst du deinen Flug jetzt oder nicht?"

„Yossi muss erst seinen Chef fragen!"

„Ich dachte, Yossi ist der Chef?"

„Er muss den Premier fragen", sagte Angelos.

„Und der wird ja sagen. Du hast ihnen oft genug geholfen und das haben sie nicht vergessen. Fragt sich nur, ob es etwas bringt!"

„Mehr können wir im Moment nicht tun. Dadurch, dass die zwei Emiratis tot sind, haben wir keinen Ansatzpunkt mehr. Wie ich immer sage: der Job eines Polizisten besteht aus …"

„…warten, warten und warten", fügte Daniel hinzu.

„Was macht eigentlich unser Kalif von und zu Arroganz?"

„Maria und Giorgios überwachen ihn dezent. Der Sender am Auto funktioniert. Er selbst war mittags in der Stadt. Shopping. Dann war er im ‚Lotus' zum

Essen und hat sich aufgeführt, als gehöre ihm die Welt. Und jetzt …"

Angelos schaute auf das Notebook.

„Er ist im ‚Solymar' in Kalo Livadi. Passt!"

Das „Solymar" gilt als bevorzugter Strandclub für alle, die weiße Gewänder tragen.

„Er macht einen auf Urlaub. Aber was hat er vor? Er will diese Rose haben, tut aber nichts", sagte Angelos.

„Er will, dass du unruhig wirst. Also tu ihm nicht den Gefallen. Wahrscheinlich wartet er ab, was du tust. Hängt er sich an dich, führst du ihn zu der dusseligen Rose", sagte Daniel.

Eine Stunde später kam das Ok aus der Kaplan Street in Jerusalem.

Breit grinsend kam Angelos in die Küche.

„Worüber lachst du?", fragte Daniel.

„Der Flug findet morgen statt, zwischen 15 Uhr 10 und 15 Uhr 20. Yossi meinte, wir sollten bitte unsere Luftabwehr informieren. Nicht, dass man es für ein türkisches Flugzeug hält! Ich habe ihm versichert, dass die griechische Luftwaffe um diese Uhrzeit Siesta hält. Wenn denn überhaupt genügend Kerosin da ist!"

35

Einen Tag später trafen gegen 17 Uhr die ersten Bilder in Ornos ein. Angelos, Daniel und Rachel standen vor dem Großbildschirm in der Küche und staunten.

„Das ist Delos. Mein Gott, die freigelegten Teile machen nicht mal ein Drittel der ursprünglichen Stadt aus. Und darunter liegt noch eine", sagte Rachel aufgeregt.

„Klick mal auf ‚Ebene 3D'", sagte Angelos.

Das Ergebnis war atemberaubend. Wie in einem Aufzug fuhr man unter die Erdlinie.

„Das wird ein Fest für Archäologen", sagte Rachel.

„Wird es nicht. Niemand bekommt die Aufnahmen zu sehen. Das war die Bedingung. Immerhin ist die Technik brandneu und militärisch von Nutzen", sagte Angelos.

„Eine kleine Kopie?", fragte Rachel und klimperte mit den Augenlidern.

„Dagegen ist Angelos immun", meinte Daniel.

„Konzentrieren wir uns auf die anderen Bilder.

„Alles Unbekannte müsste nach derzeitigem Stand auf Mykonos venezianisch sein", sagte Angelos.

„Der derzeitige Stand ist gerade eben in der Tonne gelandet", sagte Rachel. „Machen wir uns lieber auf Überraschungen gefasst. Oder hoffen darauf. Was ist denn bitte das?"

„Das sind die Schächte der Minen im Nordosten. Mykonos war eine Bergwerksinsel!"

Es ging Richtung Süden, Richtung Ano Mera und Gizi, der bekannten Venezianer-Festung. Erstaunlicherweise war rund um die Bastion nichts weiter zu erkennen.

„Das passt", sagte Rachel. „Es muss eine weitere, viel größere Anlage geben, näher am Meer! Warum sollten sie auch so weit im Inneren der Insel bauen? Hinauf auf das Plateau war ganz schön mühsam mit Eseln und Maultieren!"

„Weil es in der Ägäis immer wieder Piraten gab. Bis ins 19. Jahrhundert. Deswegen wurde das Kloster auch in Ano Mera errichtet, weit weg vom Meer", erklärte Angelos. „Jetzt schauen wir uns den Süden an. Nur Geduld!"

„In Kalafati ist nichts", sagte Daniel.

Aber dann kam die Überraschung.

„Agia Anna. Eine Siedlung zwischen den beiden Kegeln. Genau dort, wo das Resort gebaut werden soll. Ha! Das hat sich damit erledigt", sagte Angelos.

„Ich dachte, die Bilder dürfen nicht verwendet werden?", fragte Rachel spitz.

„Ein paar kleine Ausschnitte dürften wohl durchrutschen", sagte Angelos. „Weiter nach Kalo Livadi!"

„Da. Ein richtiger Pier", sagte Rachel.

„Deswegen hat die Minengesellschaft hier ihre Mole gebaut. Die Zentrale ist oben am Berg. Man hat das Baryte oben gewaschen und verpackt und dann nach unten rutschen lassen. Und die

Mole ruht auf der alten Pierwand. Daniel, auf 3D, bitte!"

Im Fahrstuhl ging es nach unten.

„Eineinhalb Meter unter dem Meeresspiegel. Das entspricht dem gestiegenen Spiegel seit dem 13. Jahrhundert!"

„Und es macht Sinn. Der Süden ist windstiller und Kalo Livadi noch besonders geschützt. Aber keine Fundamente von Gebäuden. Und Richtung Strand ist auch nichts!"

Die drei schauten weiter, bis Rachel laut „Da ist es" schrie.

Oberhalb der Klippen am westlichen Rand sah man eindeutig Reste einer Bastion.

„Ideal. Auf der einen Seite der Hafen, auf der anderen die Festung, siebzig Meter höher. Wahrscheinlich haben die Venezianer sogar eine Art Seilzug verwendet. Waren Piraten in Sicht, hätte man so die ganzen Waren hoch in die Festung schaffen können", sagte Angelos.

„Das Ding ist viel größer als Gizi", meinte Daniel.

„Und perfekt geschützt. Von Elia her ist es zu steil. Die einzige Verbindung ist die steile Straße vom Strand hoch!"

Kurz herrschte Stille, bis Rachel den entscheidenden Satz sagte:

„Dann ist das der Hügel mit der Rose. Und der in Panormos oder Agios Sostis sieht ihm verdammt ähnlich!"

„Wie tief liegt die Bastion?"

„Etwa drei Meter", sagte Rachel.

„Ne ganz schöne Plackerei. Das ist Granit", sagte Angelos.

„Nein. Früher war der Hügel sicher bewaldet und hatte viel Erde über dem Granit. Die Venezianer haben ganze Inseln roden lassen!"

„Hinzu kommt der Wind", ergänzte Daniel.

„Der Samen könnte überlebt haben ..."

„...und sich über den Hügel verbreitet haben. Am südlichsten Ende der Insel. Und nur dort. Gegen den Meltemi aus dem Norden hatte er keine Chance", sagte Angelos. „Passt die Theorie?"

Rachel nickte.

„Wir müssen sofort hinfahren!"

„Garantiert nicht. Wenn die Rose seit 1467 auf ihre Entdeckung gewartet hat, kommt es auf ein paar Tage auch nicht an", sagte Angelos.

„Wir haben Khaled und seine Schergen im Rücken und die töten für die Pflanze. Was mich nervt ist: wir wissen immer noch nicht, warum. Khaled legt sicher keinen Wert auf Beifall auf einem Biologenkongress!"

„Das ist jetzt nicht dein Ernst. In dreißig Minuten könnten wir die Pflanze in den Händen halten. Dann muss Khaled aus der Deckung und dir sagen, worum es geht", protestierte Rachel.

„In dreißig Minuten könntest du tot sein, wenn du einfach auf dem Hügel herumspazierst. Nein. Daniel und ich fahren nach Kalo Livadi und schauen uns das Gelände genau an. Wie man es sichern kann. Wir fahren getrennt. Daniel, du fährst nach Kalo Livadi, aber du parkst unten und läufst hoch. Ich fahre über Elia und laufe oben über den

Fußweg. Sollten sich die Herren aus Fudscheirah an uns dranhängen, dürften sie verwirrt sein, wenn wir uns trennen", sagte Angelos.

„Und ich sitze hier blöd rum?", fragte Rachel gereizt.

„Überhaupt nicht. Du kannst dir die restlichen Bilder anschauen. Vielleicht findest du noch ein zweites Troja", sagte Angelos grinsend und legte den Arm um Rachel.

„Könntest du ihn nicht erschießen?", fragte sie in Richtung Daniel.

„Er hat aber recht. Ohne schusssichere Weste brauchst du gar nicht auf den Hügel!"

„Und dann sei bitte so gut und gib mir dein Handy", sagte Angelos zu Rachel.

„Wozu?"

„Ich möchte nicht morgen in der Zeitung die Überschrift lesen: ‚Professorin aus Haifa entdeckt seltene Rose und Troja 2.0! Das Ganze bebildert!"

36

Fudscheirah

Sofort im Wäscheraum", sagte die Stimme.
Ali Makbout starrte auf den Hörer. Keine
Begrüßung? Es war definitiv die Stimme von
Hassan Hatem. Und es musste etwas Schreckliches
passiert sein, denn Hatem war nicht für Panikaus-
brüche bekannt.

Mehr als beunruhigt begab sich der Kronratsvorsitzende in die Unterwelt.

Hassam Hatem war bereits da und lief hin und her.

„Ah, endlich! Weißt du, was dieser Idiot getan hat?
Er hat die Polizeistation niedergebrannt. Samt
meiner zwei Leute. Er hat sie in den Zellen ver-
recken lassen! Bei lebendigem Leib verbrannt!"

Ali Makbout seufzte.

„Möge Allah ihrer Seele gnädig sein!"

„Wäre er gnädig, hatte er es nicht zulassen
dürfen", knurrte Hatem.

Makbout lachte.

„Solche Bemerkungen solltest du dir verkneifen,
sonst rutschen sie dir mal im Beisein der Imame
raus. Der Brandanschlag, es war zweifellos
Khaled?", fragte Makbout.

„Natürlich nicht er selbst. Zwei weitere meiner
Mitarbeiter, die er dazu verdonnert hat, mitzu-
kommen. Und denen hat er die Brandstiftung
befohlen!"

„Warum folgen die zwei Khaleds Befehlen?",
fragte Makbout, obwohl er die Antwort schon
kannte.

„Warum wohl? Er ist der Kronprinz und nächste
Woche Emir. Da widerspricht man nicht! Als ob du
das nicht wüsstest!"

„Was passiert im Moment?"

„Khaled macht Urlaubsprogramm und meine zwei
Männer verstecken sich!"

„Es wird nicht bei der Brandstiftung bleiben. Er will
diese verdammte Rose. Und noch wissen wir nicht,
warum. Was ist mit der Tonaufnahme des
Gesprächs zwischen den Imamen und Khaled?",
fragte Ali Makbout.

„Sie ist auf dem Weg. Wir sollten uns in zwei
Stunden wieder hier treffen. Und du solltest dich
darauf vorbereiten, nach Mykonos zu fliegen",
sagte Hatam.

Die Vorstellung behagte Makbout nicht.

„Warum sollte ich?"

„Weil die ganze Sache in Kürze eskaliert. Er brennt
eine Polizeistation nieder und tötet zwei Männer,
nur um Zeugen zu beseitigen. Was macht Khaled
erst, wenn er die Chance sieht, die Pflanze in den
Händen zu halten?"

„Ich gehe davon aus, dass einer der beiden
Männer, die Khaled begleiten, dir Bericht
erstattet?"

Hatem grinste.

„Derjenige möchte nicht mit Khaled untergehen.
So wie wir! Bis später, mein Bester", sagte Hassan
Hatam.

37

Etwa zeitgleich liefen Angelos und Daniel über den Bergkamm am westlichen Rand der Bucht von Kalo Livadi.

Sie hatten Maßbänder dabei, damit bei eventuellen Zusehern per Fernglas der Eindruck entstehen könnte, dass der Herr Bürgermeister die Straße oder ähnliches vermisst.

Tatsächlich suchten die Herren möglichst beiläufig nach der ominösen Rose. Und es war Daniel, der auf zwei Wüstenrosen stieß. Allerdings verzichteten Angelos und Daniel auf den Wassertest. Der wäre bei Zuschauern sofort aufgefallen. Und so zeichnete Daniel die Stellen in den Plan und setzte sich dann gelassen auf einen Felsen.

„An sich leicht absperrbar", meinte Daniel.

„Leider ist die gegenüberliegende Seite zwischen 400 und 600 Meter entfernt, ideal für einen Scharfschützen!"

„Wir könnten die Räume zur Bucht für eine Stunde räumen lassen. So viele sind es nicht. Irgendeine Begründung fällt uns schon ein. Und noch weiß Khaled nicht, wo wir suchen", sagte Daniel.

„Ganz so optimistisch bin ich nicht. Aber wir könnten ein Feuerwehrfahrzeug quer stellen. Ist das zu steil?", fragte Angelos.

„Müsste gehen. Schönes Plätzchen übrigens!"
Angelos lachte.

„Du brauchst mir Kalo Livadi nicht anzupreisen. Es ist meine Lieblingsbucht. Und ja, wir kaufen das Häuschen. Aber nur, wenn du jetzt Ruhe gibst!"

„Versprochen", antwortete Daniel und küsste Angelos.

„Dann fahren wir jetzt nach Hause und sagen Rachel, dass wir zwei Verdachtsfälle haben und wir morgen losziehen!"

Doch als Angelos und Daniel zuhause ankamen, hatte sich die Situation grundlegend verändert. Rachel war nicht mehr da.

Und in der Küche hatte zweifellos ein Kampf stattgefunden. Auf dem Boden lagen Scherben und ein zerschlagenes Notebook. An der Kante der Arbeitsplatte sah man Blut.

„Wie sind die hereingekommen? Hat Rachel sie selbst hereingelassen?", fragte Daniel.

„Nein. Ich denke, sie kamen über die Garten-mauer. Schauen wir uns die Kamera-Aufzeich-nungen an", sagte Angelos.

Und tatsächlich: die knapp zwei Meter hohe Mauer stellte keinerlei Herausforderung für die zwei Männer da, die sie mühelos überwandten und dann durch die Terrassentüre ins Innere verschwanden. Da die Aufnahme ohne Ton war, konnten Angelos und Daniel nichts von der eigentlichen Entführung hören.

„Und ich Idiot nehme ihr noch das Handy ab", sagte Angelos.

„Das hätte ihr auch nicht geholfen. Ich habe eher damit gerechnet, dass Khaled sich einen von uns zwei greift. Eine israelische Professorin. Kapiert er

denn nicht, dass der Mossad ihn plattmacht?",
fragte Daniel.
„Denken ist nicht seine Stärke. Das gleicht er durch
Brutalität aus!"
„Und jetzt?"
„Jetzt verständigen wir Yossi in Tel Aviv!"

38
38

Fudscheirah

Die Tür des Wäschekellers flog auf und
Hassan Hatem, zweiter Mann des Geheimdienstes, kam hechelnd herein.
„Du solltest mehr auf deine Gesundheit achten,
mein Lieber. Was ist das für ein Kasten, den du in
den Händen hältst?", fragte Ali Makbout.
„Das, Ali, ist ein Diktiergerät. Der einzige Apparat,
mit dem Imam Sistani umgehen kann. Oder
glaubst du, er kann mit einem iPhone umgehen?
Der drückt aus Versehen auf die ‚Hilfe'-Taste und
eine Frauenstimme fragt ‚How can I help you'. Und
das im Rat der Imame!"
Ali lachte.

„Hauptsache, er hat die Aufnahme nicht versaut. Wann war dieses Treffen überhaupt?"

„Vor vier Wochen", antwortete Hassan Hatem.

Ali Makbout rechnete zurück.

Das passt, dachte er. „Also los!"

„Hast du es schon angehört?"

„Sehe ich aus, als hätte ich dafür Zeit gehabt?"

„Na dann hoffen wir mal, dass Sistani einen Knopf drücken kann!"

Wir begrüßen unseren Kronprinz Khaled, unseren zukünftigen Emir. Ich weiß, zwischen uns gab es erhebliche Missverständnisse. Sinn dieses Treffens ist, diese auszuräumen. Alles beruht auf dem Gerücht, Sie hätten auf Mykonos in einer unziemlichen Beziehung gelebt!"

Das war die Stimme von Imam Sultani.

„Das war alles eine gezielte Kampagne meines verstorbenen Bruders, möge er in Friede ruhen. Die falschen Berichte im Internet und die gefaketen Fotos wurden fast alle zurückgezogen."

„Zurückgezogen? Er hat Millionen dafür bezahlt, sie löschen zu lassen. Damit kommt er nie durch", ereiferte sich Ali Makbout.

„Hör zu", sagte Hassan.

„Meine Herren, ich habe Ihnen eine fantastische Nachricht zu überbringen. Eine Nachricht, die unserem Land und auch Ihnen Ruhm einbringen

wird. Und Geld, wenn ich das hinzufügen darf. Ich habe seit längerem Kontakt zur Al-Ansar-Universität in Kairo!"

Ein Raunen ging durch den Saal. Die Al-Ansar war die höchste theologische Instanz im Islam, vergleichbar der Glaubenskongregation in der katholischen Kirche. Ihr Wort galt: von Casablanca bis Manila, selbst in Teheran.

Es freut mich, Ihnen mitteilen zu können, dass die Al-Ansar eine Fatwa herausgegeben hat, wonach die Legende, Maria wäre nach der Geburt des Propheten Jesu in einem Meer aus Wüstenrosen erwacht, zur offiziellen Auslegung der Sure 19 erklärt wird. In allen Koranschulen und Moscheen wird dies ab sofort gelehrt."
„Exzellenz. Die Mutter des Propheten hieß Marjan",
sagte eine Stimme.
„Wollen Sie mir bitte zuhören? Die Lehrmeinung ist, dass es sich nicht um die gewöhnliche Wüstenrose handelt, sondern um die Mutation mit den pinken Blättern. Diese Pflanze wird heutzutage als ‚Rose von Mykonos' bezeichnet, was daran liegt, dass sie zuletzt auf dieser griechischen Insel gesichtet wurde. Absolut inakzeptabel für jeden gläubigen Moslem!"

Khaled ließ die Worte wirken.

Diejenigen, die Mitglied des Kronrates sind, wissen, dass der hochgeschätzte Ali Makbout bereits die

Suche nach der Pflanze aufnehmen hat lassen, allerdings aus anderen Motiven!"

„Ich wollte sie lediglich als Attraktion für unser neues Museum. Khaled muss davon erfahren haben ..."
„...weil er dich hat abhören lassen. Ohne dein Wissen hat er die ganze Aktion übernommen und meine Leute anders instruiert", sagte Hassan Hatem. „Machen wir weiter!"

„Wir alle wissen, was das bedeutet. Alle Beteiligten werden als Helden verehrt werden, die die heilige Blume des Islam zurück in die Heimat, nach Arabien, gebracht haben, zur höheren Ehre Allahs!

Ali Makbout schnaubte.
„Allah hätte ihm einen Schlaganfall schicken können. Ein Sodomit als Bewahrer des Glaubens!"

Millionen von Pilgern werden nach Fudscheirah kommen. Denn nur bei uns wird diese Pflanze zu sehen sein. Kein Samen wird dieses Land verlassen. Eventuell vorhandene andere Pflanzen auf Mykonos werden von mir vernichtet. Und der Ruhm wird auch Sie ereilen, verehrte Geistliche. Denn die Al-Ansar hat dieses Gremium zum Wächterrat über die heilige Rose ernannt. Natürlich wird der Name in ‚Rose von Fudscheirah' abgeändert!"
„Das wird der Westen nicht akzeptieren", sagte eine unbekannte Stimme.

„Das kann uns egal sein. Warum hören wir eigentlich dauernd auf das Gequengel der Ungläubigen?"

„Khaled als Hohepriester des Islam. Eine Schwuchtel. Wenn es nicht so schlimm wäre, könnte man darüber lachen", sagte Ali Makbout.
„Wir wissen, was diese Fatwa bedeutet: Khaled wird verehrt werden als derjenige, der die Rose nach Hause gebracht hat. Damit wird er populärer als die Emire von Dubai und Abu Dhabi", sagte Hassan.
„Was prinzipiell nicht schlimm wäre, aber strategisch unklug. Wir sind noch nicht soweit. Zuerst müsste die Fusion von Fudscheirah und Ras-al erfolgen", meinte Makbout.
„Wozu man Khaled aus dem Spiel nehmen müsste!"
Ali Makbout lächelte.
„Ein schöner Euphemismus, denn zurücktreten wird er nicht!"
„Diese Hilfs-Ayatollahs haben sich schlicht kaufen lassen", regte sich Hassan auf.
„Als wäre das so überraschend!"
„Gut. Jedenfalls wissen wir jetzt, was Khaled im Schilde führt!"
„Und dass er alles tun wird, um in den Besitz der Rose zu kommen. Inklusive weiterer Morde!"
„Wir sollten diesen Nikakis informieren", sagte Hassan Hatem.

Just in diesem Moment brummte das Handy von Hatem.

Er schlug sich gegen die Stirn.

„Dieser Idiot hat diese Weizmann entführen lassen!"

„Wen, bitte?"

„Die israelische Professorin, die Nikakis bei der Suche unterstützt!"

Beim Wort ‚israelisch' zuckte Makbout zusammen.

„Eine Katastrophe. Nächste Woche kommt der israelische Premier zu uns. Ich meine, nach Abu Dhabi!"

„Ich denke, das hat Khaled einkalkuliert. Auch das bringt die Religiösen auf seine Seite", sagte Hassan Hatem.

„Er muss wahnsinnig sein. Ist ihm nicht klar, dass die Israelis Jagd auf ihn machen werden? Dieser Nikakis hat ohnehin enge Beziehungen zum Mossad. Die werden ein Team nach Mykonos schicken, ihre Landsfrau befreien …"

„…und bei der Gelegenheit Khaled ausschalten", meinte Hassan.

„Was uns nicht ungelegen käme. Die Israelis wären schuld und wir fein raus!"

„Woher weißt du eigentlich von der Entführung?", fragte Ali Makbout.

Hassan grinste.

„Einer seiner Männer berichtet mir regelmäßig. Er möchte sich absichern!"

„Kluger Mann. Das bedeutet: wir wissen über jeden Schritt Bescheid!"

„Und deswegen wäre jetzt der ideale Zeitpunkt für dich, nach Mykonos zu fahren, um Herrn Nikakis zu unterstützen! Kalo taxidi!"

„Was bitte?"

„Griechisch. Bedeutet: gute Reise!"

39

Guten Morgen, Sonnenschein", sagte Daniel und stellte Angelos den dreifachen Espresso auf den Tisch.

Es war eine kurze Nacht und sie war geprägt von Hilflosigkeit. Denn es gab keinen Hinweis auf den Aufenthaltsort von Rachel Weizmann. Khaled verhielt sich unauffällig. Zwar hatte Angelos ihn ab der Entführung direkt observieren lassen, aber er rechnete nicht damit, dass Khaled so dumm wäre, seine Beschatter zu Rachel zu führen. Die Operation hatten seine beiden Schergen für ihn erledigt.

„Er ist in seiner Suite und hat gerade Frühstück bestellt", sagte Daniel. „Wir könnten ihn doch besuchen, und mit etwas Nachdruck befragen!"

„Nein. Er würde unseren Besuch aufzeichnen und wenn mir die Hand ausrutscht … aber zumindest werden sie Rachel nichts antun, solange Khaled nicht dabei ist!"

„Das beruhigt mich irgendwie nicht", meinte Daniel. „Wann kommt Yossi und sein Team?"

„Gegen Mittag. Aber viel können wir nicht tun, solange sich die Entführer, sprich Khaled, nicht melden!"

„Wenn sie das überhaupt tun. Sie foltern Rachel. Die sagt ihnen, wo die Pflanzen zu finden sind – und dann bringen sie sie um", sagte Daniel.

„Nein. Dazu kenne ich Khaled zu gut. Er will eine Show. Er will mich demütigen – und das könnte der Fehler sein, den wir brauchen", meinte Angelos. Sein Handy brummte.

„Guten Tag, Herr Nikakis. Mein Name ist Ali Makbout. Ich bin aus Fudscheirah. Ich …"

„Lassen wir das Geplänkel. Sie sind Khaleds Komplize und wollen die Modalitäten klären", knurrte Angelos. „Aber Ihnen ist schon bewusst, dass die Israe …"

„Oh nein. Sie missinterpretieren meine Rolle und Intentionen!"

Ein Entführer mit gepflegter Ausdrucksweise, dachte Angelos. Mal was Neues.

„Ich bin auf Ihrer Seite. Ich möchte diese Entführung möglichst geräuschlos beenden und das ohne Personenschäden", sagte Ali Makbout.

„Dafür ist es wohl zu spät. Ein Team aus Israel ist bereits unterwegs!"

„Sie kommen um 10 Uhr 50 in Mykonos an. Yossi Cohen und ein weiterer Agent, dessen Name ich vergessen habe. Eine halbe Stunde später lande ich. Daher würde ich Ihnen vorschlagen, dass wir uns gegen 12 Uhr in Ornos treffen, um das weitere Vorgehen zu besprechen!"

Angelos Nikakis war mehr als verwirrt.

„Und was ist Ihre Position in Fudscheirah?"

„Ich bin der Vorsitzende des Kronrats und möchte es auch bleiben. Daher muss der Kronprinz scheitern bei seinem Versuch, sich mit einer mutmaßlich heiligen Pflanze zu schmücken!"

„Heilige Pflanze? Heißt: sie können uns erklären, warum gefühlt jeder auf der Suche nach der Rose ist?", fragte Angelos.

„Ja, das kann ich. Und noch mehr: ich kenne den Aufenthaltsort der Entführten. Wir sehen uns um 12!"

Mehrere Sekunden stand Angelos einfach nur da. „Was bitte war denn das?"

Daniel lächelte.

„Das, mein Sonnenschein, war arabische Politik in Reinkultur. Eine Palastintrige. Und sie kommt uns sehr gelegen!"

40

Khaled al-Mussawi, Kronprinz und zukünftiger Emir von Fudscheirah räkelte sich zufrieden in dem Sessel. Er befand sich in einem kleinen Haus in Kalo Livadi, etwa zweihundert Meter oberhalb des „Solymar".

Seine zwei Helfer, Ali und Sami, lehnten an der Wand. Wie befohlen hatten sie die Fenster mit Kartons blickdicht gemacht, auch wenn die Gefahr einer zufälligen Entdeckung gering war. Das Haus war das letzte in der Straße.

„Was mache ich denn jetzt mir dir?", fragte Khaled in Richtung der nackten Frau, die gefesselt auf dem Tisch lag.

„Keine Ahnung. Ich hab keine Haare am Arsch, also bin ich nicht interessant für dich!"

Khaled bekam einen hochroten Kopf und griff nach einem Stück Holz.

Doch Ali packte ihn am Arm.

„Exzellenz, das wäre nicht hilfreich. Auch wenn die Schlampe es verdient hätte. Wir brauchen sie unversehrt."

Erstaunlicherweise befolgte Khaled den Rat.

„Wie wäre es, wenn ihr euch etwas mit ihr vergnügt, bevor wir weitermachen?"

Ali winkte ab und Sami wand sich beschämt ab. Er war tief religiös.

„Glück gehabt, Zionistenbraut!"

Rachel fluchte.

„Nun, wo ist die Pflanze?"

„Wie begriffsstutzig kann man sein? Angelos hatte wirklich Recht! Noch einmal: ich war nicht dabei. Hätten Sie eine Stunde gewartet, wüsste ich es. Aber so …"

Wieder begann Khaled zu kochen.

Sein Problem: er konnte kein Blut sehen, sonst hätte er gerne zur Zange gegriffen.

„Es ging nicht um Sie. Sie sind bloß der Lockvogel. Angelos und sein Schwanzlutscher werden in eine Falle tappen – und danach Geschichte sein", sagte Khaled.

„Ach. Und Sie stellen die Falle auf? Der Einzige, der reinfällt, werden Sie selbst sein", sagte Rachel und lachte.

Das war zu viel.

Khaled griff nach dem Holz, zog Rachels Beine auseinander und rammte ihr die Latte in den Uterus.

Rachel schrie vor Schmerz, aber niemand hörte sie. Der Knebel saß zu fest.

41

Zeitgleich traf sich im Hause Nikakis eine illustre Gesellschaft. Das israelische Team bestand aus Yossi Cohen und einem Agenten: Moshe.

„Dein Haar wird lichter und die Teams kleiner", lautete Angelos´ Kommentar.

„Ich freue mich auch, dich zu sehen!"

Wenige Minuten später stand Ali Makbout vor der Türe. Und er entsprach in nichts den Erwartungen von Kommissar Nikakis.

Mit seinem graumelierten Haar, dem maßgeschneiderten Anzug und den handgenähten Schuhen hätte Ali einem britischen Magazin für Gentlemen entsprungen sein können.

„Was hatten Sie denn erwartet? Kandura und Sandaletten?", fragte Ali amüsiert.

„Wenn ich ehrlich bin: ja!"

„Zwei Israelis und ein Emirati bei einem Meeting. Könnte einem ja Hoffnung machen, wenn man den Nahen Osten nicht kennen würde", meinte Angelos.

„Wir kennen uns bereits", sagte Yossi.

„Und wir arbeiten vertrauensvoll zusammen", ergänzte Ali.

„Als Erstes möchte ich Ihnen erklären, warum aus einer verschollenen Pflanze ein Politikum geworden ist. Es ist wie folgt …"

Als Ali Makbout seinen Vortrag beendet hatte, staunte Angelos Nikakis.

„Schon wird aus einem botanischen Mordfall ein Riesenschlamassel. Klar ist, dass Khaled nicht in den Besitz der Pflanze kommen darf. Klar ist, dass es besser wäre, wenn niemand die Rose in die Finger bekommt. Ich hatte zwar Rachel versprochen, sie könne sie mitnehmen, wenn sie sie fände. Aber eine im Islam heilige Pflanze im Besitz Israels: ich mag mir die Reaktion gar nicht vorstellen", sagte Angelos.

„Wissen Sie denn, wo sie ist?", fragte Ali.

Angelos grinste.

„Netter Versuch. Aber es bleibt dabei: die Pflanze bleibt hier!"

„Na gut. Unser Ziel ist erstmal, Rachel unversehrt zu befreien", sagte Ali. „Und hinsichtlich Khaleds wäre es hilfreich, wenn er längere Zeit abwesend wäre, bei gleichzeitig eingeschränkter Respiration!"

„Hä?", fragte Angelos.

Daniel lachte.

„Sonnenschein, Abwesenheit ohne Atmung, bedeutet was? Khaled soll über den Jordan gehen. Oder eher in die Ägäis!"

Ali grinste.

„Ein überaus kluger, junger Mann. Möchten Sie nicht für mich arbeiten?"

„Nichts da. Nun zu Ihrer Information über den Aufenthaltsort", sagte Angelos.

„Khaled wird begleitet von zwei Männern unseres Geheimdienstes. Einer davon ist auf unserer Seite.

Er meldet mir regelmäßig, wo sie sind und was passiert", sagte Ali.

„Warum tut er das?", fragte Angelos.

„Weil sein jüngster Sohn in einer finsteren Zelle sitzt. Bei Ihnen nennt man das glaube ich Beugehaft!"

„Nein. Man nennt es Sippenhaft. Aber egal", sagte Angelos.

„Jeden Abend geht der zweite Mann aus dem Haus, um Essen und Getränke zu holen. Und die Umgebung zu checken. Unser Mann wird es uns melden. Dann sind nur Khaled, er und Rachel im Raum!"

„Hört sich wie ein Kinderspiel an", meinte Yossi.

„Genau das macht mir Sorgen", antwortete Angelos.

„Also schlagen wir zu, wenn der zweite Mann außer Haus ist. Dann ist der einzige Gegner Khaled, wenn der verbleibende Agent tatsächlich Ihr Mann ist. Wir müssen uns darauf verlassen können, dass von ihm keine Gefahr ausgeht!"

„Wie gesagt: ihm bleibt nichts anderes übrig", sagte Ali.

„Was machen wir mit dem zweiten Mann?", fragte Yossi. „Wir müssten ihm folgen und ihn an geeigneter Stelle greifen. Aber dazu brauchen wir mindestens ein Zweier-Team!"

„Da wir nur zu viert sind, funktioniert das nicht. Zwei Mann sind für den Zugriff zu wenig, selbst wenn der Gegner Khaled heißt. Nein: wir lassen den zweiten Mann ziehen. Bis er zurückkommt, ist alles vorbei", sagte Angelos.

„So sehe ich es auch", meinte Ali. „Priorität hat die Befreiung von Frau Weizmann und die Neutralisierung Khaleds!"

„Neutralisierung mit oder ohne Atmung?", fragte Daniel, aber Ali grinste nur.

„Könnten Sie uns jetzt sagen, wo der Zugriffsort liegt?", fragte Angelos.

„In Kalo Livadi. Den genauen Ort sehen Sie auf meinem iPad!"

Ali reichte Angelos das Gerät.

„Das gibt es doch nicht. Zwei Häuser von unserem entfernt!"

„Wunderbar. Dann haben wir ja schon eine Basis", meinte Yossi.

„Wehe, ihr macht mir Kratzer in die Fliesen", sagte Daniel.

Yossi grinste.

„Sollen wir etwa Hausschlappen tragen?"

42

Es war Daniel, der die Lage rund um das Haus mittels einer kleinen Drohne überprüfte. Türen und Fensterläden geschlossen. Das Haus sah aus wie ein verlassenes Ferienhaus nun einmal aussieht.

Khaled hatte eine Stunde zuvor das „Solymar" betreten und gespeist. Ein Anruf von Angelos genügte, um zu erfahren, dass sich Khaled nach dem Hinterausgang erkundigt und die Bar gegen 19 Uhr durch diese verlassen hat.

Von dort waren es keine hundert Meter zum Zielobjekt.

„Der zweite Mann geht in Kürze", sagte Ali Makbout nach einem Blick auf sein Handy.

Über die Außenkamera sah Angelos, wie der Mann den Berg hochkraxelte.

„Er geht zu Fuß", rief Angelos.

„Heißt: wir haben genug Zeit", sagte Yossi.

„Türe eintreten oder Rammbock?", fragte Daniel.

„Für den Bock braucht man zwei. Wenn einer die Blendgranate schmeißt, bleibt niemand, der uns Deckung gibt", sagte Angelos.

„Also eintreten", meinte Daniel. „Das sollte Yossi von rechts. Du, Angelos stehst links. Und ich schräg davor. Dann werfe ich die Blendgranate!"

Es war 19 Uhr 30, als Yossi die Türe eintrat und Daniel die Granate warf.

Makbouts Mann kam als Erstes mit erhobenen Händen aus dem Haus, heftig hustend. Gefolgt von Khaled, der von Yossi in den Schwitzkasten genommen wurde. Da er sich wehrte, schlug ihm Yossi mit dem Knauf der Waffe auf den Kopf. Angelos ging in das Haus hinein und sah eine nackte Gestalt auf dem Tisch, die sich übergab. Er durchtrennte die Fesseln und trug Rachel nach draußen.

„Seit wann trägst du Frauen auf den Händen?", fragte Daniel kichernd.

„Klappe, Hol bitte Rachels Klamotten!"

„Zweiter Mann in Sicht?", rief er ins Handy.

„Negativ", antwortete Ali, der oberhalb des Anwesens am Hügel stand.

Rachel wurde langsam klar im Kopf.

„Danke. Du hattest recht: er ist ein Schwachkopf. Könntet ihr mir einen Gefallen tun?"

„Und was?", fragte Angelos.

„Stellt den Schwachkopf auf die Beine!"

Angelos und Daniel zogen den bewusstlosen Khaled hoch.

„Perfekt", sagte Rachel und trat Khaled mit dem Fuß in den Unterleib.

„Wir fahren jetzt zu uns. Da kannst du dich ausruhen und …"

„Sag mal, spinnst du? Ausruhen kann ich mich, wenn ich tot bin. Du zeigst mir jetzt sofort die Stellen, wo ihr die Pflanze gefunden habt!"

Angelos lachte.

„Daniel, würdest du Frau Professor auf den Berg fahren?"

„Das war´s", sagte Yossi. „War schon schwieriger!"
„Der zweite Mann ist noch unterwegs", sagte
Angelos.
„Mach dir um den keine Sorgen. Was soll er allein
ausrichten?"

43

Zehn Tage später hielt Angelos Nikakis vor dem
„Liberty", dem beliebtesten Frühstücks-Café.
Kronrat Ali Makbout verließ fröhlich pfeifend
das Gebäude und stieg zu Angelos ins Auto.
„Nun, Herr Kronrat, wie waren die Urlaubstage?
Entsetzt über die Liederlichkeit und Dekadenz des
Westens?"
Ali lachte.
„Hier gibt es nichts, was es nicht auch in Dubai
gibt. Nur offen, und deswegen ehrlicher!"
„Bereit, unser Paket zum Flugzeug zu bringen?",
fragte Angelos.
„Mit Freude!"
„Den Medien habe ich entnommen, dass Khaled
auf den Posten als Emir verzichtet hat, sagte
Angelos mit spöttischem Unterton.
„Die Wege Allahs sind unergründlich", antwortete
Ali.

„Weiß er überhaupt von seinem Verzicht?"

„Nein", sagte Ali. „Wie auch. Er ist im Krankenhaus eingesperrt. Kein Handy, kein Computer!"

„Und wer sagt es ihm?", fragte Angelos.

„Vorläufig niemand. Wir bringen ihm zum Flughafen. Das reicht erstmal!"

„Gerade kam in den Nachrichten, dass Fudscheirah mit dem Emirat daneben fusioniert. Es hieß, der Emir von Ras-al-wasauchimmer wird Emir und Sie Kronratsvorsitzender des neuen Emirats. Glückwunsch. Natürlich weiß Khaled auch davon nichts", vermutete Angelos.

„Nö".

„Der zweite Mann ... wir wissen immer noch nicht, wo er ist", sagte Angelos.

„Sie sind Perfektionist. Die Entführung ist vorbei, die Morde geklärt, die Pflanze gefunden und in Sicherheit. Da ist ein flüchtiger Handlanger nicht von Belang", meinte Ali Makbout.

Angelos hielt vor der „Hygeia"-Klinik am Kreisverkehr und ging hinein.

Vor Zimmer 12 saß Giorgios, einer der Neuen, noch ganz am Anfang der Ausbildung.

Giorgios sprang auf.

„Guten Morgen, Herr Kriminaldirektor. Melde: der Gefangene ist abreisefertig!"

Angelos grinste.

„Den Kriminaldirektor kannst du weglassen, ebenso das Strammstehen. Wir sind auf Mykonos. Du warst die ganze Nacht hier?"

Der junge Mann nickte.

„Dann ab nach Hause. Bis morgen!"

„Danke, Herr Kriminal …, äh, Chef?"

Angelos grinste und öffnete Khaleds Kranken-
zimmer.

Lässig, mit dem gewohnt überlegenen Gesichtsausdruck und im maßgeschneiderten Anzug saß er
im Stuhl.

„Na endlich. Bind mich endlich los!"

„Nur, wenn du dich benimmst und die Klappe
hältst. Ansonsten: Handschellen bis zur Gangway",
sagte Angelos.

„Außerdem wurde ich bestohlen. In dem Plastik-
beutel mit meinen Wertsachen fehlt mein Handy",
knurrte Khaled.

„Das muss wohl verloren gegangen sein", meinte
Angelos. „Aber natürlich habe ich dir einen Ersatz
besorgt".

Er gab Khaled eine kleine Schachtel.

„Was ist das?"

„Ein Nokia 6610. Der neueste Schrei aus den
Nullern. Ich glaube, man kommt damit auch ins
Netz. Leider erkennt man nichts wegen des kleinen
Displays. Aber ich habe es mit zehn Euro aufge-
laden!"

„Aufgeladen mit Geld?", fragte Khaled.

„Man nennt das Prepaid-Handy. Ist für ärmere
Leute", meinte Angelos grinsend.

„Arschloch", knurrte Khaled.

„Denk dran: benehmen – sonst Fesseln!"

Letztendlich hielt Khaled auf der Fahrt zum Airport
seinen Mund.

Angelos fuhr über den VIP-Parkplatz direkt zum Vorfeld, wo der „Royal Eagle" – mit repariertem Bugrad - schon wartete.

„Du hast ein lebenslanges Einreiseverbot, verstanden?"

„Was sollte ich noch hier? Aber dennoch ist die Geschichte nicht zu Ende", sagte Khaled und lächelte.

Angelos begleitete Khaled zum Flugzeug, während Ali am Terminal wartete.

Wenige Minuten später raste die Gulfstream über die Startbahn und flog davon, Richtung Süden.

„Da geht er hin", meinte Ali.

„Vorläufig. Gehen wir!"

„Warten Sie noch einen Moment!"

„Wieso? Soll ich ihm hinterherwin …"

Doch weiter kam Angelos nicht.

Er glaubte zu erkennen, wie ein Teil am Heck davonflog. Dann ging die Maschine in den Sturzflug.

„Oops", meinte Ali. „Schlimm, wenn Wartungstechniker ihre Arbeit nicht sorgfältig machen!"

„Ich hoffe nicht, dass das Ihr Werk war. Zumindest, dass es nicht hier passiert ist", sagte Angelos.

„Das wäre ein Missbrauch Ihrer Gastfreundschaft – nein. Diese erstaunliche Technik zur Flexibilisierung des Höhenruders habe ich schon vor Wochen anbringen lassen. In diesem Amt muss man immer auf alle Eventualitäten vorbereitet sein", sagte Ali Makbout.

„Das war wohl eher eine Technik zum Absprengen des Höhenruders. Immer wieder faszinierend, wie in

Arabien Politik gemacht wird", entgegnete Angelos.

„Im Westen ist man auch nicht zimperlich. Nur erfährt es keiner. Außerdem rettet man das Leben vieler, indem man ungeeignete Personen …"

„…flexibel neutralisiert?", ergänzte Angelos.

„So ist es nun mal. Wollen wir nun zu Ihrem neuen Haus fahren?", fragte Ali.

„Darf ich vorher noch die Küstenwache über den Absturz informieren?"

„Aber natürlich. Mir wäre es recht, fände man keine Leiche. Ich möchte eine Beerdigung und etwaige falsche Huldigungen des Verstorbenen vermeiden!"

Zehn Minuten später erreichten sie das neue Domizil von Angelos und Daniel in Kalo Livadi. Fünf Tage hatte der Umzug gedauert. Am Aufwän-digsten war die Umsetzung von Alex´ Grabstein. Aber Angelos hätte Alex nie zurückgelassen – und Daniel hätte es nie verlangt.

Nun war der Bungalow fertig eingerichtet. Daniel lag zufrieden und erschöpft auf dem Sunbed neben dem kleinen Pool, als Angelos und Ali Makbout durch die Gartentüre marschierten.

„Ah. Der Herr Kronrat und der Kronrat ehren-halber", sagte Daniel und kicherte.

„Immer noch frech", stellte Ali fest.

„Die Gene", sagte Angelos mit gespieltem Bedauern.

„Nun, wo ist sie?", fragte Ali.

Angelos zeigte auf einen Steintrog neben dem Pool.

„Sieht aus wie Gestrüpp!", sagte Ali.

„Daniel, die Gießkanne, bitte!"

„Showtime", meinte Daniel und drückte Ali das Kännchen in die Hand.

Ali begann leicht zu zittern.

„Und sie ist es wirklich?"

Angelos lachte.

„Das werden Sie gleich sehen. Sind die Blüten pink, ist sie es!"

Es knisterte und die Ästchen rollten sich aus. Dann brachen die Blüten durch die Rinde.

In Pink.

Gebannt starrte Makbout auf die Rose von Mykonos.

„Danke, dass ich sie sehen durfte. Schade, dass ich außer Ihnen der einzige sein werde!"

„Es ist das Beste. So bleibt die Pflanze ein Mythos und der ist oft interessanter als die Realität", meinte Angelos.

44

Angelos Nikakis war übler Laune. Kein Wunder: denn auf die Freude, das neue Haus bezogen zu haben, folgte nun der Teil, den jeder Umziehende hasst: die Renovierung des alten Hauses oder der alten Wohnung.

Angelos wollte alles durch Handwerker erledigen lassen, aber Daniel verordnete Do-it-yourself.

„Spart Geld, macht fit und außerdem kann man so richtig Abschied nehmen!"

Angelos´ Laune besserte sich nicht, als er sah, dass sein Parkplatz belegt war – durch ein kleines Zelt der griechischen Telekom, OTE.

„Unverschämtheit", knurrte er und parkte hinter dem Häuschen der Kitesurfer.

Drei Stunden später waren die Malerarbeiten beendet.

„Ich gehe noch schnell im ‚Flora' einkaufen. Willst du mit?". fragte Daniel.

„Nicht wirklich. Ich möchte einfach nur hier sitzen!" Daniel kicherte und ging los.

Angelos starrte auf die frisch gestrichenen Wände. Plötzlich poppte ein Fenster auf. Ein Bild, das vom Auge ans Gehirn geschickt worden war, dort aber für irrelevant gehalten und in den geistigen Papierkorb verschoben worden war.

Jetzt erschien es kurzzeitig.

Das Zelt der OTE.

Hier gibt es gar keine Festnetz-Kabel und auch kein Kabel-TV. Angelos sprang auf, griff sich seine Glock und rannte aus dem Haus.

Dann geschah alles gleichzeitig.

Daniel kam aus dem Supermarkt und winkte.

Dann knallte ein Schuss und Daniel fiel getroffen auf den Boden.

Angelos feuerte sein ganzes Magazin auf das graue Zelt vier Meter vor ihm.

Ein Aufschrei. Er hatte getroffen. Doch das interessierte Angelos nicht.

Er rannte über den Parkplatz und fand Daniel, hinter einem Auto liegend.

Daniel stöhnte und blutete aus einer Wunde an der Schulter.

„Lausiger Schütze", presste Daniel heraus.

Angelos lächelte.

„Da hast du nun deinen zweiten Mann. Du hattest Recht. Wie immer!"

„Hätte gerne darauf verzichtet", sagte Angelos.

„Du hast Wasser in den Augen. Gemach. Ich trete noch nicht ab. So kurz nach dem Umzug? Kommt nicht infrage. Auuaaa!"

Die Sirenen kamen näher.

„In guten Filmen kniet der Verliebte neben dem verletzten Angebeteten und haucht was wie ‚Ich liebe dich'", sagte Daniel unter Schmerzen.

„Schau mir doch in die Augen, Süßer", sagte Angelos.

Als die Sanitäter die Bahre mit Daniel in den RTW geschoben hatte, ließ Angelos seinen Gefühlen freien Lauf und weinte bitterlich.

Ich hätte es kommen sehen müssen. Khaled hatte es angekündigt.
Was hatte er gesagt?
Die Geschichte ist noch nicht vorbei.
Dann hörte er Daniels Stimme.
„Jetzt kümmert euch um meinen Mann. Der leidet mehr als ich!"

EPILOG
EPILOG

Kriminaldirektor Angelos Nikakis verließ das Mehrparteienhaus am Rande von Ano Mera. Es war der einzige Blockbau auf der ganzen Insel. In dem Haus wohnten vorwiegend Insulaner. Noch. Denn auch hier versucht man, die einheimische Bevölkerung zu vertreiben.

Angelos Nikakis hatte gerade mit einem der Betroffenen gesprochen und ihm die Unterstützung der Gemeinde zugesagt. was nichts bedeutet, wenn der Entmietungsterror einsetzt. Die meisten geben dann auf: Ziel erreicht. In wenigen Jahren werden aus den Mietswohnungen schicke Appartements geworden sein.

Er lief zu seinem Wagen, als er am Hügel einen Feuerball sah. Bruchteil einer Sekunde später folgte der Knall.

Angelos Nikakis jagte seinen AMG über die enge Straße durch die Randbezirke von Ano Mera in Richtung Hügel.

Eine Gasexplosion kann es nicht sein. Dort liegen keine Rohre.

Knapp einhundert Meter vor dem Ziel sah er, wie vier vermummte Gestalten aus dem Haus und Richtung Kuppe davonrannten. Er fluchte.

Normalerweise sind Angelos und Ehemann Daniel zu zweit unterwegs. Einer kümmert sich um die Verletzten und alarmiert Krankenwagen und die normale Polizei.

Angelos entschied sich dazu, die Täter zu verfolgen. Er hielt am Fuß des Kamms an und verfolgte die Gestalten.

Sie sind bewaffnet, dachte er. Schwer. Die Männer hielten ihre Maschinenpistolen im Anschlag.

Sie bewegten sich so schnell, dass Angelos begriff: ich kann ihnen maximal folgen, wenn überhaupt.

Die Männer überwanden den Kamm und rannten in geduckter Haltung auf ein kleines Haus zu. Ein altes Bauernhaus, wie es nicht mehr viele auf Mykonos gibt.

Zwei der Männer schlugen die Fenster ein und feuerten ins Innere. Auf der Rückseite rannte ein Kind schreiend aus dem Haus.

Einer der Männer hob seine MP und erschoss das Kind.

Angelos Nikakis konnte nicht glauben, was er sah. Die Männer gingen ins Haus, was Angelos die Möglichkeit gab, näher zu kommen.

Doch er war noch zweihundert Meter von dem Haus entfernt, als die vier aus dem Haus rannten und auf die Klippe zurannten.

Angelos erreichte das Haus und sah auf das Kind herab. Ein Kopfschuss wie aus dem Leerlauf.

Mittlerweile waren die Vermummten verschwunden. Sie hatten die Klippe erreicht und waren auf dem Weg nach unten.

Was bedeutete: Paradise Beach.

Angelos´ Herz begann zu rasen.

Vier Mann mit Maschinenpistolen. Es würde ein Massaker werden.

Angelos entschloss sich, etwas weiter rechts hinunter zu klettern, damit ihn die Männer nicht sehen konnten.

Was soll das? Ein Amoklauf kann es nicht sein, denn sie sind zu viert. Attentäter? Warum hatten sie Ano Mera gewählt? Es gibt prominentere Orte auf Mykonos.

Unsicher hangelte sich Angelos an den Felsvorsprüngen hinunter. Er musste sich konzentrieren, auch wenn er gerne gesehen hätte, wohin sich die Männer verzogen hatten.

Vielleicht liegt unten am Strand ein Boot.

Er fluchte.

Wir sind immer zu zweit unterwegs. Ich bräuchte Daniel.

Dann hörte er erneut Schüsse. Viele Schüsse.

Die Vermummten hatten Paradise erreicht und feuerten wahllos in die Sunbed-Reihen.

Schrille Schreie folgten.

Angelos Nikakis schaute nach rechts und sah: Daniel.

Der war deutlich schneller die Felsen hinunterge-klettert.

„Gott sei Dank, Süßer", rief Angelos, doch Daniel schien ihn nicht zu hören.

Beim zweiten Ruf reagierte Daniel endlich und winkte.

Angelos hatte wieder festen Boden unter den Füßen und rannte in Richtung Daniel.

„Wir brauchen Verstärkung. Aber wir müssen diese Bastarde stoppen", rief er.

Irgendetwas stimmt hier nicht, dachte Angelos.

Daniel hatte eine Pistole in der Hand.

Er drehte sich in Richtung Angelos.

Dann hob er die Waffe.

Was machst du? dachte Angelos.

Mit eiskalter Miene drückte Daniel Nikakis ab und Angelos Nikakis spürte, wie die Kugel einschlug.

Doch der Schmerz war nichts im Vergleich zu dem Tumult in seinem Gehirn.

Daniel hat auf mich geschossen.

Plötzlich sah er, wie Daniel neben ihm stand.

Sein Gesicht war ausdruckslos.

Daniel zielte auf Angelos´ Kopf und drückte ab.

Angelos wurde in einen weißen Tunnel gezogen.

Bilder von Alex und Khaled rasten an ihm vorbei.

Das Licht wurde immer gleißender.

Dann sah er einen Bildschirm.

Auf dem stand: „Und Tschüss, Herr Kommissar!"

Kriminaldirektor und Kommissar Nikakis riss sich die Brille vom Kopf und warf sie in die Ecke.

Sein Herz raste und der Schweiß lief ihm an den Seiten herunter.

Die Türe ging auf.

Daniel.

Breit lächelnd.

„Hey, Sonnenschein. Was ist denn mit dir los? Du schwitzt ja. Hast du etwa onaniert?"

MYKONOS CRIME 32

Die Akte Satoshi Nakamoto

erscheint voraussichtlich im Januar 2023!

Die CEOs der größten Gaming-Konzerne treffen sich auf Mykonos – zu einer geheimen Konferenz zwecks Preisabsprachen. Eine der Firmen steht kurz vor dem Verkaufsstart eines neuen Spiels: „Conquer Mykonos – Erobere Mykonos". Zeitgleich wird eine Frau Opfer eines Unfalls mit Fahrerflucht. Bei dem Versuch, das schwer verletzte Opfer zu identifizieren, stellt sich heraus: die Frau ist womöglich Satoshi Nakamoto, die Erfinderin des Bitcoins.
Spätestens nach einem weiteren Mordanschlag auf Nakamoto weiß Kommissar Nikakis: es geht um etwas viel Größeres als nur ein Spiel.
Und Kommissar Nikakis stellt entsetzt fest: er selbst ist Teil dieses Spiels.

… und für alle Hardcore-Fans gibt es ein Wiedersehen mit Alex.

Band 1 **„Die Bestie von Mykonos"** wurde **komplett überarbeitet** und setzt etwas früher ein als die ursprüngliche Version. Bereits erschienen.

Zwei Kommissare, Alexandros und Angelos, quittieren den Dienst und eröffnen gemeinsam auf Mykonos eine Bar. Nebenher betreiben sie eine kleine Privat-Detektei. Bei Schwerverbrechen werden Alex und Angelos – wegen ihrer Erfahrung – regelmäßig hinzugezogen.

Mykonos ist in Aufruhr. Offensichtlich foltert, vergewaltigt und tötet ein Mann junge Touristen. Um ihn zu stellen, bleibt nichts anderes übrig, als dass Angelos den Lockvogel spielt – mit furchtbaren Konsequenzen ...

P. Katsitis — Die Bestie von Mykonos

DIE BESTIE VON MYKONOS

überarbeitete Version

Bisher erschienen auf Deutsch:

Paul Katsitis – Die Tod in Pink – 31

Endlich wieder ein unpolitischer Mord, ein normaler Mord, denkt Kommissar Nikakis. Das Opfer: ein 64-jähriger Biologie-Professor, bekannt als „Blumenpapst". Was wollte er hier? Mykonos ist alles andere als ein blühendes Paradies. Nach einem weiteren Mord an einem Blumen-Auktionator liefert eine Professorin aus Haifa den entscheidenden Hinweis: es geht um die „Rose von Mykonos" – eine der seltensten und damit wertvollsten Pflanzen der Welt. Noch schlimmer: für manche ist die Rose heilig. So heilig, dass man für sie tötet – und nicht nur einmal.

Paul Katsitis – Der Vampir von Mykonos 30

In einer Villa in Drafaki findet ein russischer Oligarch seine ermordete Tochter. Die Leiche ist vollkommen blutleer. Drei Tage wird ein weiteres Mädchen umgebracht, dieses Mal die Tochter eines saudischen Prinzen. Auch bei ihr wurde das gesamte Blut ausgelassen. Während die Medien schon vom „Vampir von Mykonos" sprechen, muss Kommissar Angelos Nikakis fast unlösbare Aufgaben erfüllen: den Täter rechtzeitig finden, den Killer stoppen, den die beiden Väter engagiert haben. Er glaubt an einen politischen Hintergrund, liegt aber falsch. Sein Ehemann Daniel hingegen ahnt, dass das Motiv nur mit Mykonos zu tun hat.

Paul Katsitis – Der Strand der toten Köpfe 29

Am Paradise-Strand werden eines Morgens mehrere Köpfe angespült. Auch an den folgenden Tagen erschrecken Leichenteile die Urlauber. Die Presse nennt den Strandabschnitt bald den „Strand der toten Köpfe" und viele Touristen reisen ab. Kommissar Angelos Nikakis kämpft nicht nur um die Aufklärung der Todesfälle, sondern auch gegen die alte Legende von „Poseidons Kindern".

Paul Katsitis- Engel der Finsternis 28

Ausgerechnet auf Mykonos sollen Friedensverhand-lungen zwischen Israelis und Palästinensern statt-finden. Ein logistischer Alptraum für Kommissar Angelos Nikakis.

Die Bucht von Kalo Livadi scheint sich hervorragend dafür zu eignen. Leicht absperr-bar, mit eigenen Piers und einem Heliport. Aber er macht sich keine Illusionen. Unangemeldete Gäste mit düsteren Absichten werden den Gipfel ebenfalls „besuchen".

Paul Katsitis – Goldrausch 27

Von wegen: der Wohlstand von Mykonos beruht auf dem Tourismus. Nein. Während auf den anderen Ägäis-Inseln gehungert wurde, genoss Mykonos durch seine Bergwerke eine Sonderstellung.
Zwar wurden die letzten Minen vor vierzig Jahren geschlossen, plötzlich aber werden zwei Geologen in einem Schacht tot aufgefunden. Und ein amerikanischer Konzern zeigt auffälliges Interesse an den Bergwerken. Ihr Gegner: Kommissar und Bürgermeister Angelos Nikakis. Als eine Freundin ermordet wird und sich herausstellt, dass die Firma dafür verantwortlich war, wird die Angelegenheit mehr als persönlich.

Paul Katsitis – Smyrna 26

Ein van Gogh, der 1922 in Smyrna verschwand, brachte keinem der Besitzer Glück. Alle seine Besitzer starben eines gewaltsamen Todes. Hundert Jahre später taucht das Gemälde auf Mykonos auf und bringt Kommissar Angelos Nikakis in Lebensgefahr.

Paul Katsitis – Schläfer 25

Kommissar Angelos Nikakis hat gleich zwei haarige Fälle zu lösen: in Saloniki explodiert eine Bombe und vor Mykonos werden auf einer Party-Yacht vier leblose Körper gefunden, allerdings ohne jegliche Verletzungen. Mysteriös – und nur langsam lassen sich die Fäden verbinden. Mit einer schlimmen Vermutung: Der Täter lebt seit Jahren auf der Insel. Ein Schläfer.

Paul Katsitis – Lebendig begraben 24

Ein Anrufer behauptet, unter einer frisch asphaltierten Straße auf Mykonos läge ein lebendig begrabener Mann. Kommissar Angelos Nikakis hat erst seine Zweifel – und scheut die Kosten. Als er sich doch dazu entschließt, die Straße aufreißen zu lassen, zeigt sich: in einer Kammer darunter liegt tatsächlich eine männliche Leiche. Damit nicht genug: im Magen des Toten findet sich ein USB-Stick.

Paul Katsitis – Sisa 23

Drogen und Mykonos ziehen sich wie Magnete gegenseitig an. Da der Effekt nicht zu stoppen ist, hat Kommissar Angelos Nikakis mit dem größten Drogenhändler der Ägäis, Abu Bakar, ein Abkommen getroffen: keine gestreckte Ware, begrenzte Menge, keine Lieferung an Jugendliche und keine Gewalt auf der Insel. Im Gegenzug drückt Angelos beide Augen zu, auch weil er die übliche Drogenpolitik für Heuchelei hält. Seit drei Jahren gab es keine Drogentoten mehr – der Deal funktioniert. Doch nun taucht ein neuer Player auf, der das Monopol mit Gewalt brechen will. Beim Angriff auf Abus Yacht wird diese zerstört und Abu schwer verletzt. Angelos hilft Abu, denn er will Ruhe auf Mykonos – doch die Rechnung bezahlt Angelos´ Ehemann Yariv.

Paul Katsitis – Pontifex 22

Das Oberhaupt der orthodoxen Kirche, Hieronymus, besucht Mykonos. Ein unangenehmer Termin für den schwulen und atheistischen Bürgermeister und Kommissar Angelos Nikakis.
Während des Besuchs wird der Staatssekretär des Metropoliten ermordet aufgefunden.
Hieronymus bittet Angelos um Hilfe, denn es geht nicht nur um einen Mord, sondern um die schiere Existenz der griechischen Kirche. Ein Pergament aus dem 4. Jahrhundert stellt deren Zukunft infrage.

Paul Katsitis – Yariv 21

Mykonos im Juni: gähnend leer, dank Corona. Nach der Öffnung der Insel ist es vorbei mit der Ruhe: im Haus eines hochrangigen Politikers wird eine tote Frau gefunden.
Und Kommissar Angelos Nikakis hat noch ein weiteres Problem: sein Kollege Yariv wird bei einem Einsatz in Athen schwer verletzt.

Paul Katsitis – Darknet 20

An der Uferpromenade mitten in Mykonos-Stadt wird die Leiche eines jungen Mädchens gefunden, das niemand kennt. Gefoltert und vergewaltigt.
Als ein zweites Opfer gefunden wird, vermutet Kommissar Angelos Nikakis, dass er es mit einem Pädophilenring zu tun haben könnte. Zusammen mit seinem Athener Kollegen Yariv Markaris, einem Darknet-Spezialisten, nimmt er die Spur auf. Er stößt dabei auf Beteiligte, die aus den höchsten Kreisen in Athen stammen und die ihre eigene „Flüchtlingspolitik" verfolgen.

Paul Katsitis – Carneval 19

Carneval in Griechenland? Bestimmt nicht, denken viele. Von wegen: Rosenmontag ist einer der wichtigsten Feiertage. Doch auf Mykonos wird Carneval gestört: in der Nähe von Kalafati wird ein Motorradfahrer tot aufgefunden. Obwohl der Kopf abgetrennt wurde, gelingt es Kommissar Angelos Nikakis schnell, ihn zu identifizieren: das Opfer ist ein Emirati, Landsmann von Angelos´ Ehemann Khaled. Zufälle gibt es nicht, sagt Angelos immer – und leider behält er Recht.

Paul Katsitis – Tödliche Libido 18

Auf einem Kreuzfahrtschiff wird ein 19-jähriger Steward vermisst.

Kommissar Angelos Nikakis nimmt den Fall zunächst nicht ernst. ‚Der Junge macht sich auf Mykonos ein paar schöne Tage', denkt er. Und es gibt keine Leiche. Doch er täuscht sich. Eines Abends besucht ihn der Premierminister, Antonis Migiakis, der mit Angelos befreundet ist und gesteht, dass der junge Pavlos sein heimlicher Liebhaber war.
Kurz darauf melden sich die Entführer – und die Forderungen haben es in sich. Angelos muss den Jungen finden, sonst ist Migiakis politisch erledigt. Und zur Lösung des Falls braucht er die Hilfe eines altbekannten Drogenbarons: Abu Bakar.

Paul Katsitis – Botschafter 17

Kommissar Angelos Nikakis und sein Partner Khaled retten ein Kind vor dem Ertrinken. Es ist zufällig der Sohn des israelischen Botschafters. Aus Dankbarkeit wird der Botschafter der Trauzeuge von Angelos und Khaled. Einen Tag später zerreißt eine Bombe dessen Wagen. Was zunächst nach einem Terrorakt aussieht, entpuppt sich als ein Geflecht aus Kunstdiebstahl, Verschwörung und Mord. Und Kommissar Nikakis muss tief in der Vergangenheit wühlen.

Paul Katsitis – Spione 16

Ein russischer Überläufer soll über Mykonos in den Westen geschleust werden. Auf der Kykladen-Insel soll er sich in einer der zahlreichen Schönheits-kliniken eine gesichtsveränderte Operation unterziehen. Kommissar Angelos Nikakis soll den Agenten während des Aufenthaltes schützen. Kein größeres Problem, denkt er. Bis plötzlich drei Geheimdienste auf der Insel am Werke sind. Und sich letztlich Angelos´ Leben für immer verändert.

Paul Katsitis – Khaled 15

Eine Explosion auf Delos töten einen Archäologen. Das erste Rätsel für Kommissar und Bürgermeister Angelos Nikakis. Das zweite Rätsel hingegen – wen er denn nun liebt – löst sich: er trennt sich von Alex und zieht zu Kronprinz Khaled. Doch zwei Tage später wird dieser von einem Attentäter niedergeschossen

Paul Katsitis – Trauma 14

Chefermittler und Bürgermeister Angelos Nikakis glaubt es zunächst nicht: auf der trockenen Insel Mykonos soll ein Golfplatz errichtet werden. Als Nikakis den Investor trifft, glaubt er ihn zu kennen. Bevor er sich erinnert, ereignen sich zwei Morde.
Angelos´ Ehemann Alex findet währenddessen heraus, woher Angelos den Investor kennt.
Bald geschieht ein dritter Mord. Und der Täter ist Alex.

Paul Katsitis – Royals 13

Zehn Seemeilen entfernt von Mykonos wird ein großes Gasfeld entdeckt. Bürgermeister und Kommissar Angelos Nikakis greift zu allen (auch illegalen) Tricks, um Bohrtürme in der Ägäis zu verhindern.

Als dann eine Prinzessin des Emirats Katar während eines Besuchs auf Mykonos entführt wird, scheint es zunächst nicht so, als würde ein Zusammenhang bestehen. Wenige Tage später ist die Prinzessin tot – und Angelos Nikakis sitzt im Gefängnis.

Paul Katsitis – Der Putsch 12

1967 putscht in Griechenland das Militär. Hellas und auch Mykonos ächzen unter der Diktatur.
52 Jahre später gibt es wieder einen Regierungswechsel in Athen. Doch die Ereignisse von damals werfen ihre späten Schatten.
Ein Flugzeugabsturz und Kommissar Angelos Nikakis sorgen dafür, dass es zu einem politischen Erdbeben kommt.

Paul Katsitis – Glut 11

Der Alptraum aller Chora-Bewohner wird wahr. Ein Großbrand wütet in den engen Gassen der Stadt. Eine knifflige Aufgabe nicht nur für die Feuerwehr, sondern auch für Kommissar und Bürgermeister Angelos Nikakis. Denn in einem Haus findet man eine Leiche. Ein Brandopfer, denken viele. Doch sie wurde erschossen. Drei weitere Morde und der Wiederaufbau lassen Angelos kaum Zeit Luft zu holen.

Paul Katsitis – Abseits 10

Im Stadion von Mykonos wird die Leiche eines Mannes gefunden. Da der Mann Fan von Olympiakos Piräus war, geraten alle Anhänger des Konkurrenzvereins Panathinaikos Athen in Verdacht. Die Indizien lassen zunächst keine andere These zu und der Hass zwischen beiden Lagern ist tatsächlich so groß, dass auch ein Mord im Bereich des Möglichen liegt.

Doch als Kommissar Angelos Nikakis in die Welt der Spielerscouts eintaucht, stellt er fest, dass es um ganz andere Dinge ging: um Menschenhandel, Pädophilie und natürlich eine Menge Geld!

Paul Katsitis – Sturm über Mykonos 9

Über Mykonos tobt der schwerste Sturm seit Jahren. Eine Fähre kentert. Angelos ist unter den Rettern, wird aber nach dem Einsatz selbst vermisst. Für zusätzliche Aufregung sorgen zwei Ölfässer, die an Land gespült werden. In ihnen liegen die zerstückelten Leichen von zwei griechischen Soldaten.

Paul Katsitis – Die Maske 8

Nach einem Banküberfall erschießt Alex einen der Räuber auf der Flucht. Da er ihn ohne Vorwarnung in den Rücken geschossen hat, steht er bald unter Anklage.

Im Schatten des Prozesses gelingt es einem neuen, besonders brutalen Drogenhändler, genannt „Máská", sein Netzwerk auszubauen. Und er zögert auch nicht, als sich ihm die Gelegenheit bietet, Kommissar a.D. Angelos Nikakis aus dem Weg zu räumen.

Paul Katsitis – Hass 7

Es ist ein besonderer Fall für die beiden Ermittler Alex und Angelos Nikakis. Die Leiche eines jungen Mannes wird in den Dünen gefunden. Am und im Körper des Toten findet sich die DNA von Angelos.
Er wird verhaftet.

Paul Katsitis – Skalpell 6

Am Strand von Ornos wird eine Frauenleiche gefunden. Es ist die Tochter des Bürgermeisters. Der Leiche fehlen Nieren und Leber.
Doch es geht bei der Mordserie nicht nur um Organe, wie die beiden Ermittler Alexandros und Angelos Nikakis bald feststellen. Es existiert ein komplexes Netzwerk, das verschiedene kriminelle Felder abdeckt, und so mancher Inselbewohner ist darin verstrickt.

Paul Katsitis – Inzest 5

Ein Bräutigam, der sich am Tag der Hochzeit vom Balkon stürzt und eine Mädchenleiche in einer Wagenpresse. Zwei Fälle für die beiden Ex-Kommissare Alex und Angelos Nikakis Zwei Fälle, die sich nach und nach aufeinander zu bewegen.

Paul Katsitis – Der-Drei-Sterne-Mord 4

Im besten Restaurant der Insel wird der Chefkoch, ehemals Leibkoch Gaddafis, mit durchschnittener Kehle aufgefunden. Ein schwieriger Fall für Alex und Angelos, zumal die eigene Familie mit beteiligt ist. Der Fall erfährt eine erstaunliche Wendung, als die beiden Ermittler erfahren, dass der britische Außenminister Mykonos besucht – auf dem Landsitz des griechischen Premierministers.

Paul Katsitis – Tattoo 3

Zwei Highlights stehen auf dem Programm des Wochenendes: ein hochdotiertes Beachvolleyball-Turnier und die Eröffnung der ersten Spielbank auf der Insel.
Nicht ins Programm passen zwei Tote: ein 19-jähriger Junge und einer der Beachvolleyballspieler. An dessen „natürlichem Tod" haben die Ermittler Alex und Angelos so ihre Zweifel.

Paul Katsitis – Rache 2

Im Kloster Ano Mera auf Mykonos wird ein Priester tot aufgefunden, dessen Leiche übel zugerichtet ist. Es sieht nach einem Rachemord aus – doch wofür?

Paul Katsitis – Die Bestie von Mykonos 1

Zwei Kriminalbeamte, Alexandros und Angelos, quittieren den Dienst und eröffnen gemeinsam auf Mykonos eine Bar. Nebenher betreiben sie eine kleine Privat-Detektei. Da die Polizei chronisch unterbesetzt ist, werden Alex und Angelos – wegen ihrer Erfahrung - regelmäßig hinzugezogen.

Mykonos ist in Aufruhr. Offensichtlich foltert, vergewaltigt und tötet ein Mann junge Touristen. Um ihn zu stellen, bleibt nichts anderes übrig, als dass Angelos den Lockvogel spielt – mit furchtbaren Konsequenzen ...

Dieser Band wurde gerade komplett überarbeitet und ist bereits erschienen.

Weitere Mykonos-Bücher

Mykonos LOVE STORY
Von Michael Markaris

„Die Mykonos Love Story 1-11" von Michael Markaris.
Kommissar Pandis hat mit 53 sein Coming-Out und verliebt sich in den 29-jährigen Angelos.

Bisher erschienen:
Mykonos Love Story 1
Mykonos Love Story 2 – Das goldene Ei